亦

舒

作

品

亦舒

- 作品 -

15

寂寞鸽子

CTS
CTS CHANGSHA

湖南文艺出版社

明天天卷
CS-BOOKY

寂寞鸽子

目录

寂寞鸽子 09

壹·

她简直天造地设为许开明所设，上帝造她，
分明单单就是为了他。

开明不是许家唯一的孩子，他记得小时候有个弟弟，他会走路的时候弟弟出生，他上幼稚园弟弟跟在他身后，他很喜欢弟弟，把他当洋娃娃般抱进抱出。

　　然后有一日，弟弟不见了，母亲哭泣。

　　他每间房间找弟弟，十分忙碌，放了学就乱找一气，轻轻唤，弟弟，弟弟，以为弟弟会哗哈一声扑出来与他拥抱，可是没有。

　　不久，他们搬了家，他渐渐忘记弟弟，直到少年时期，一个下午，母亲与他说起弟弟。

　　他永远不会忘记母亲哀伤的面孔，她说："弟弟患病，早已经到上帝那里去了。"

　　开明记得他这样安慰母亲："上帝身边那些长翅膀的小

天使必有一个是弟弟。"

母亲的声音相当平静，可是豆大的泪水直滚下来，开明知道母亲的悲痛长存。

弟弟启明没有长大，开明总觉得他要做得加倍好来补偿母亲。

他是个循规蹈矩的好青年。

世上的诱惑不能打动他的心。

考试他名列前茅，运动是游泳健将，常替学校拿奖牌，音乐老师说他拉小提琴音色与姿势都似海菲兹，闲时躺在藤椅子上看小说，一丝不良嗜好都没有。

记忆中弟弟启明永远只得十多二十个月，开明十分喜欢那样岁数的小男孩。

可是渐渐同学的弟妹、亲戚的孩子全部长大，已不大有小小孩上门来，开明略觉好过。

数年后许化夫妇移民到加拿大温哥华，开明留在大学念建筑系，成绩优异，课余活动十分忙碌，也不觉寂寞。

父母不在，他得照顾自己，生活细节上错漏百出，他对洗熨煮一窍不通，家里很快像垃圾岗，闹出许多笑话，譬如说，他以为毛衣需拆开还原成为毛线才方便洗涤之类。

女同学大起怜惜之心，带了家里训练有素的用人上门去帮许开明渡过难关。

开明说："不不不，不要服侍我，请教我，那样，我有一日会得独立。"

女同学们母性大发，为之恻然，纷纷嘱家务助理倾全力教授，不得留任何私心。

开明渐渐自众多师傅处学会家务秘诀，打理一个家已不成问题，准时交水电煤气电话费，冰箱里常备新鲜饮料食物，三房一厅家具井井有条，一星期换一次床单，还有，牛仔裤 T 恤全熨得笔挺，温习得累了，起来炖一碗牛奶鸡蛋当点心。

母亲回来看到他时讶异得说不出话来……

开明搂着母亲的肩膀说："初级工夫，华生，初级工夫。"

他母亲笑着说："我是华生，你就是福尔摩斯了。"

"我是你爱儿。"

母亲紧紧握住他的手，开明心酸，他爱煞他受过伤的母亲。

半晌许太太问："有女朋友没有？"

"女友十分多，尚无爱侣。"

许太太握着茶杯，看着天花板，"一切随你，妈妈不会干涉你。"

"我知道，但总得毕了业找到工作再说。"

"早点结婚生子也好。"

开明问："妈妈这次回来打算做些什么？"

"无特别目的，看看亲戚朋友吃吃螃蟹。"

开明嫌吃蟹麻烦，又觉不卫生，可是他乐意陪母亲出席。

亲戚的饭局排得满满，有时一晚两席，不知去何处好，只得合并成两桌，一起吃。

一日饭局完回家，开明斟上一杯浓烈的玫瑰普洱给母亲，把她的腿搁好，陪她说话。

许太太十分满意，忽然低下头，"你弟弟如果在，不知是否如你一般听话孝顺。"

开明不得不劝道："妈妈，世事古难全，何必想那已经失去的，你有我不是得了吗。"

许太太饮泣，"是，开明你说得是。"

开明试说些愉快之事，"妈妈，你有无发觉请客亲友统统都带着女儿一起来？"

许太太凝神一想，果然如此，不由得破涕为笑。

开明绞一把热毛巾给母亲。

"你不说我还真的不留意，你可有看仔细？"

开明躺在沙发上，头垫着双臂，"当然有。"

许太太诧异，"咦，伯母们都赞你眼观鼻，鼻观心，目不斜视。"

开明悠然答："我功夫上乘，无须鬼祟眼也可看得一清二楚。"

许太太笑，"看中谁？"

"都不错。"

许太太点头，"那就是说一个都看不上。"知子莫若母。开明也笑了。

"太太只要对你好就行。"

"不，"开明不以为然，"那是不够的。"

许太太取笑他，"走着瞧，将来别娶一名黑小猪。"

"妈妈，我会娶美女。"

许太太看着儿子，"那是一个宏愿。"

开明拍胸口，"你看着好了，她既美且惠，又有学养涵养，我不会让你失望。"

许太太拍拍他的手，"你喜欢谁我就喜欢谁。"

开明知道母亲笑他大言不惭，可是他信心十足。

翌年暑假，他在刘关张建筑事务所做工，每天做得老晚不下班，他有的是精力，有的是时间。

胡髭长出来了，衬衫皱了，仍在办公室听电话。

连清洁女工都问："那英俊小生是谁？"

刘关张三人都有女儿，也都介绍给许开明认识过了。

刘小姐年纪较轻，还没有性格，关小姐十分骄矜，不易讨好，张小姐却似历尽沧桑，听说已订过两次婚，服饰开始暴露。

都不错，但不是开明喜欢的那个人。

开明没有单独约会谁，但是老板们不住在家搞聚会邀请许开明参加，"年轻人，多见面，好培养感情。"

背后无限感慨，老关就同妻子说："人家祖宗山坟风水好，生出那样品学兼优相貌英俊的孩子，倘若给我做女婿，减寿也情愿。"

关家长子专爱搞男女关系，一次在夜总会为争与一小明星共舞被人家男伴殴打终于闹到警局去，官司打了半年，关氏夫妇从此白了中年头。

刘家有泳池，大家比较喜欢到那里聚头。

刘小姐永颜才十八九岁，迷歌星黎某人，整间书房都是歌星签名照。

开明把她当小妹妹，陪她谈歌坛走势。

"寇可平吞枪自杀了。"刘小妹感慨，"一手创办GRUNGE乐派，唱片全球超过一亿张，还要轻生。"

开明答："他的乐队叫纳梵那。"

"是呀。"

"纳梵那是梵语，在佛教中，意即涅槃。"

"何解？"

"涅槃即生命火焰熄灭，解脱、圆寂、往极乐世界，他思想一早晦暗。"

刘小姐"啊"的一声，"我竟没有留意到！"

"人生要积极。"

刘小妹十分钦佩这位大哥，"你言之有理。"

可是他懂得与她们维持一个距离。

张小姐到过许家，发觉许开明衣柜中只得五套西装，分别是深深浅浅的灰色，还有一打白衬衫，他只有那么多衣裳。

"为什么？"张小姐问。

"没有需要穿花衣服。"年轻的像舞男，年老的像太太奶奶。

"你真可爱，许开明。"

许开明但笑不语。

"这是你最后一个暑假了吧？"

"正确。"

"毕业后可有考虑加入刘关张？"

"已有公司与我接头。"

"哪一家？"张小姐好奇。

"黄河实业。"

"啊大公司。"

"最终目的是自己出来创业。"

"你把一生都安排好了。"

开明微笑，"尽力而为。"

"有用吗？"张小姐有弦外之音。

开明欠一欠身，"当然，命运往往另有安排，可是，我总不能趴在地上听天由命，总得努力一番。"

张小姐赞道："这是最佳态度。"

开明忽然温和地问："你呢，张家玟，你在生活中最想得到什么？"

张家玟对自己也很了解，"恋爱。"

开明点点头，没有人会怪她，大多数人都渴望恋爱，只是无时间精力负担，她大小姐不忧生活，倒是可以努力找对象。

可是她接着叹口气，"一直没找到。"

不是也订了两次婚吗。

她又叹口气，不再言语。

开明温言安慰，"追求快乐是很应该的。"

张家玟以感激的眼光看他一眼。

可是最早结婚的却是骄傲的关小姐。

接到帖子的时候，开明已经返回大学，读完这个学期就大考毕业，他胸有成竹，不算紧张，也不是太忙，却没有心情参加婚礼。

念在旧情，还是匆匆赶到教堂，新娘子已站在牧师面前读誓词。

双方交换指环，新郎掀开新娘面纱，开明一看，咦，新娘不是关尤美。

他第一点想到的是新郎换了对象，然后在电光石火间，他知道自己走错地方。

糟！连忙自口袋中把帖子取出再看，原来弄错了日子，不是这个星期六，而是下一个星期六。

他根本不知道这一家姓什么名谁，真是糊涂荒谬。

许开明吁出一口气，既来之则安之，且待仪式完毕才轻轻离去吧。

他前排坐着两个伴娘，兴高采烈地朝一对新人撒纸屑，笑得花枝乱颤。

开明见观礼亲友纷纷站立，心想这是消失的好时候，谁知正在此际，一位老太太拉住他，"大弟，来，一起拍照。"

开明知她认错人，又不好推开她，只得解释，"我不是大弟，我不拍照。"

老太太十分固执，"那你一定是三弟，来，扶我过去与新人拍照。"

开明一看，老太太有一双小足，心便慈了，啊老人怕接近一百岁了，否则怎么会缠足，他高高兴兴地答："好，我扶你，请小心走。"

　　大家排好队，开明刚欲走开，摄影师说："笑一笑。"咔嚓一声，连许开明拍在内。

　　新人向每一位亲友道谢，开明发觉他一件外套还留在教堂座位里，折回去取。

　　穿上大衣，经过走廊的时候，忽然有一只皮球轻轻滚出来。

　　开明将球拾起，一个约岁半的幼儿摇摇晃晃走过来，看着许开明，手指放嘴边，笑眯眯，想许开明把球还给他。

　　开明看到那孩子，只觉眼熟，忍不住轻轻唤："弟弟。"太像启明小时候了，同样的鬈发圆脸与水手服。

　　想到弟弟，开明心酸。

　　不要说是母亲，连他也不能忘记。

　　他叹口气，把球还给那小小孩儿。

　　这时候有人扬声叫："弟弟，咦，弟弟不见了。"焦急惊惶，"弟弟，你在何处？"

　　他也叫弟弟，真巧。

　　开明连忙应："这里。"

　　有人掀开丝绒帘子，松口气，"啊，弟弟，你又乱走。"

开明这才发觉原来那两家人把所有幼儿都集中在这间小小房间照顾，一瞥眼，约莫看到三个婴儿与两个会走路的小家伙，那保姆抱一个拖一个，所以让弟弟走脱了。

开明忍不住笑，"弟弟在这里。"

保姆立刻说："谢谢你。"

开明目光落在保姆身上，呆住了。

他一生都不会忘记第一次看到邵子贵的情形。

她有一张鹅蛋脸，缀着汗珠油光，分外晶莹，长发本来拢在脑后，此刻却被手抱的幼儿扯出来把玩，大眼睛，红嘴唇，这可能是她最狼狈的时刻之一，可是丝毫不影响秀美。

她看到对方是一个陌生年轻男子，十分尴尬，幸亏这个时候，婴儿们齐声哭泣，替她解了围。

开明声不由主地说："我帮你。"

"他们怎么还不回来认领孩子？"

"正拍集体照呢，快了。"

"我支持不住啦。"

"我明白。"

开明找张椅子，把三个较大的孩子都捧到膝上坐好，看见桌子上有面包牛乳，每人分一份，然后自袋中取出一只口琴，轻轻吹奏。孩子们得到娱乐，显得很高兴。

开明说："你可以喂那些小的了。"

"是，是。"

她转过头去准备奶瓶，开明见她穿着薄身套装羊毛衫，圆台裙，平跟鞋，身段修长美好。

开明微微笑，他没有走错地方。

啊绝对没有，开明心里甜丝丝，有种奇异感觉。

半晌她喂妥婴儿，一手抱一个逗他们玩，孩子们的母亲也纷纷来领回孩子。

"子贵，今天谢谢你。"

"子贵，你这保姆十分尽责。"

"子贵，今日没你，不知怎么办。"

"咦，"一个太太说，"大弟，你也在这里。"

另一位说："姨婆说他是三弟。"

六个孩子转瞬间被领走。

那个叫子贵的女孩子跌坐在椅子里，"我一生最累的三小时！"

开明伸出手去，"我是许开明，你好。"

"我是邵子贵，新娘的表妹，多谢你相助。"

"应该的。"

邵子贵看着他，"你是男方的亲友？"

许开明怔怔地凝视邵子贵，她那浓眉长睫与澄澈的眼神真叫他忘我。

他半晌低头，"呵，不，不，我，我，"然后鼓起勇气，"我根本不认得任何人，我冒失走错了婚礼。"

邵子贵大表诧异，"啊。"

外头有人叫："子贵，子贵，我们走了，等你呢。"

子贵正想走，忽然之间，珠子项链断了线，掉下来，撒满地。

"哎呀，一定是被孩子们拉松的。"

她与开明连忙蹲在地上抢拾珍珠。

开明把拾起的珠子先放进口袋。

邵子贵的亲戚探头问："子贵——"

子贵说："你们先走吧，我有事。"

"啊断了珠链，先找珠扣。"

一言提醒许开明，他眼尖，看到白金镶钻的圆形珠扣落在墙角，"在这里了。"

16

邵子贵松口气。

他们把珍珠逐一拾起，开明心细，又到处找了几次，方把袋中所有珠子取出放碟子里，"数一数。"

邵子贵笑，"我也不知道一共有几粒，相信大部分已拾起，算是十分幸运，可以啦。"

语气豁达，许开明欣赏这种性格。

开明替她把珠子包在手帕里交还。

"谢谢你。"

他帮她穿上大衣，走到教堂门口，理应道别分手，可是两个人都看着鞋面，踌躇不动，然后齐齐鼓起勇气说："我的电话号码是——"

许开明与邵子贵都笑了，笑中带一丝迷惘，又带一丝喜悦，腼腆中略觉似乎太过仓促，不过也只能迅速把握机会。

开明掏出笔纸写电话地址给她，又记下她的电话地址，两家住得颇近，开明又放了心，应当算门当户对。

然后他说："我送你一程。"

邵子贵心想，陌生人，应当警惕，可是只觉许开明一举一动，无限亲切，不禁说："好呀。"

在车上，她问："你真的不认得今日的新郎新娘？"

"素昧平生。"

"真是奇事。"

"我也这样想。"

送完她回家，开明返回寓所，倒在沙发上，忽然泪盈于睫，原来世上真有一见钟情这回事。

半晌起来更衣淋浴，忽然看到西装裤管褶边上落出一粒珍珠。

他立刻拨电话给邵子贵。

"是伯母吗，我是许开明，我找子贵，是，我是她朋友，我多大年纪？二十四岁，我是建筑系学生，几时毕业？明年，是，家里只得我一个孩子，不，没有兄弟姐妹，爸妈？移了民在温哥华——"

说到这里，忽然听得子贵在一旁骇笑，"阿笑，你同谁说话？"连忙抢过听筒。

开明为之喷茶，这分明是她家的老用人好奇心炽，乘机打听小姐男朋友身世。

子贵没声价道歉。

开明问："要不要出来？我认得穿珠子的首饰店。"

子贵毫不犹疑，"明天下午五时在宇宙大厦正门口等。"

"你在宇宙上班？"

"我是郑宇宙私人助理之一。"

已经在工作了，可见经济独立，她简直天造地设为许开明所设，上帝造她，分明单单就是为了他。

开明想到这里，心里充满幸福的感觉。

这不是一个适合年轻男女约会的都市，人太挤，而且每个人认识每个人，天气恶劣，不是太热，就是下雨，街道肮脏，简直无处可去，可是开明等到了子贵，还是认为一切困难可以解决。

子贵略迟，抵步时有点担心，"叫你久等了。"

开明微笑，"应该的。"

"我们到哪里去？"

开明说："我一个表姐开珠宝店，可以先去把珠子穿起来。"

他毫不犹疑拉起她的手往前走，她觉得也只得这个办法，否则在挤逼的街道一前一后终会失散。

开明的表姐通明亲自出来招呼他们。

开明把他捡到的那颗珍珠小心翼翼奉献出来。

表姐数了数，"七十二颗，数目对吗？"

子贵含笑点点头。

在店堂的灯光下，开明发觉子贵穿一套小腰身女式西装，十分婀娜。

店员取出香茗及饼干糖果，开明与子贵边吃边谈，等于享受下午茶一样。

开明看到一副珍珠耳环，问表姐："流行一只黑珠一只白珠吗？"

表姐答："不配对有不配对的别致。"

开明说："我喜欢配对。"

表姐又说："在一张文艺复兴的名画里，维纳斯戴一副珠耳坠，一只在阴影里，画家画成黑色，所以流传到首饰铺来。"

开明留意到子贵有细小耳孔，"请取出我看看。"

子贵并无拒绝，趋近来观赏。

表姐很是高兴，这位邵小姐气质好，相貌娟秀，与开明配极了。

因此她说："我同你照样子镶两只白珠好了，后日送上去给你。"

"是，"开明说，"我喜欢配对。"

表姐试探，"几时请我们吃饭？"

"快了。"开明闻弦歌而知雅意。

"母亲知道吗？"

"我会去探望她。"

"那才是个美丽的城市呢，有假期的话不妨多待一会儿。"

开明迟疑，"我刚打算开始工作——"

表姐教训他："一个人最要紧的是有一个家，否则你的功绩有谁来分享。"

稍后他俩告辞，一出店门开明就说："通明表姐是老小姐，很可爱。"

"她不过三十出头年纪。"

开明讶异，"那不已经老大了吗？"

子贵含笑更正："六十以上才叫老年。"

一出门开明就十分自然地握住子贵的手，而且无话不说，像是自小认识子贵。

少年时看《红楼梦》，读到贾宝玉甫见林黛玉即道："这位妹妹在哪里见过。"真觉百分百是吊膀子恶劣手法，可是此刻对子贵，他有同样感觉，可能怪错了怡红公子。

他对子贵说："自明日起一连五日我需考毕业试，你愿意等我吗？"

子贵一本正经说："那是要到下星期三才能见面了。"

开明微笑，"是，好几十个秋天。"

子贵温婉地答："我会等你。"

"好极了。"

可是，开明并没有遵守自己的规则，每天一出试场他便争取时间与子贵见一个面，一次是送珍珠耳环上去，另一次把项链完璧归赵，还有一次只是去看看子贵，送上一包小熊水果橡皮糖。

"考得怎么样？"

"不幸辱命。"

"什么？"

"不不不，讲错了，幸不辱命。"

"那是有把握啰。"

"没有人会比我做得更好，假如伯母问起我这个人，别说我是学生，说我比你大一岁，而且下个月就开始上班，正筹备经济基础。"

子贵只是笑。

建筑系学生读七年，毕业略迟。

星期六是关尤美小姐举行婚礼的日子，许开明携眷出席。

子贵服饰含蓄得体，仍然佩戴同样的珍珠项链，只不过多一副开明送的耳环。

关小姐的礼服只能以花团锦簇四个字来形容，她神色紧张，一般新娘都担心人生至重要一次演出不够十全十美。

老板同开明说："你要是在黄河做得不愉快，记得同我联络。"

开明唯唯诺诺，"是，是。"

当天晚上，母亲与他通电话："听说你找到女朋友了？"

"是，母亲，她叫邵子贵。"

"你真幸运。"

"是，有些人要到三十多岁，甚至四十岁才找到适当的终身伴侣，几乎寂寞半生。"

"早婚有早婚好处，快点生孩子，抱到我处养。"

"那是很辛苦的。"

可是许太太一直说："我不怕我不怕。"笑个不停。

半晌又问："未来亲家母是一个怎么样的人？"

"妈妈，邵家的女子统是美女。"

"你一直喜欢美人儿。"

开明承认，"是，子贵的面孔叫我忘忧。"

许太太说："这叫作秀色可餐。"

春季她见到子贵，才知道开明一点也没有夸张。

飞机场里中外陌生人都转过头去注视邵子贵，疑心她是某个微服出游的明星。

许太太立时三刻欢喜地问："几时结婚呢？"

开明答："很快了。"

在花园里，他紧紧拥着子贵散步，他喜欢把下巴抵着子贵的头顶，那样，讲话再轻，她也听得到。

许氏伉俪在窗前看到这对小情侣亲密情况甚为满意。

"家有漂亮媳妇真够面子。"

"嗳，而且不是水灵灵削薄的那种美，子贵甚为敦厚，而且学历佳，又有正当职业。"

"开明总算如愿以偿。"

许太太忽然起了疑心，"他的一生会那样顺利吗？"

许先生答："为什么不，我同你的生活也总算不错。"

许太太黯然不语。

许先生温言道:"你还念念不忘启明?"

许太太低声说:"在梦中他总还不大,永远只得两岁模样,缠住大腿叫妈妈,我真心酸。"忍不住落泪。

"已经是过去的事了。"

许太太抹干眼泪,"是,我家快办喜事。"

寂寞鸽子 09

贰·

人是万物之灵，总有点灵感，
如果他出现，你会知道。

喜事没有想象中来得那么快，他们要到翌年才订婚，那时开明已经升了级。

据说是女方家长的意思，觉得他们年纪太轻，唯恐不定性，故希望他们先订婚，再过一年才结婚。

开明认为合理。

他是那种到上海开三日会也要抽半日乘飞机回来看未婚妻的男子，有时只够时间吃一顿饭就得赶回去。

邵太太笑对女儿说："你叫他别劳民伤财。"

予贵看着天花板说："将来老了，也许面对面都只会各自看报纸，也不再在乎对方面孔是黑是白。"声音忽然之间有点寂寥。

邵太太佯装生气，"这不是讽刺我同你爸吗！"

子贵赔笑。

半晌，邵太太问："我们家的事，你同他说了没有？"

谁知子贵冷漠地反问："什么事？"

邵太太叹口气，"你要是不愿意告诉开明——"

子贵扬起一角眉毛，温婉秀美的脸上忽然现出一股肃杀之气，"什么事？"

邵太太怔怔地看着女儿，"现在不说，永远没有时间说。"

子贵答："我自己的事，没有一件瞒住他，与我无关的事，我说来无用。"

邵太太噤声。

然后，子贵神色渐渐缓和，"我是真的爱许开明，从前我老以为结婚对象要实事求是，"声音越来越低，"可是，"她笑了，"妈妈，我真幸运。"

她母亲说："我希望你快乐。"

子贵显得满有信心，"我会的。"

开明那边的朋友却略有犹疑，像刘小妹就问："你怎么知道她就是你一生所爱？"

天明愉快地答："人是万物之灵，总有点灵感，如果他出现，你会知道。"

"你爱她吗？"

"尽我所能。"

"假使稍后再认识一人，你更加爱她，那又如何？"

刘永颜的问题尖锐而真实，开明忽然之间发愣，过很久，才温柔地答："我不认为我可以爱另一人更多。"

刘永颜颔首，"我知道我会迟婚。"

开明笑，"你是小公主，做什么都不成问题。"

永颜很高兴，"真的，开明，你真的那么想？"

开明握住永颜的手，"你爸妈认为你是永远的红颜。"

永颜吁出一口气，"我的表姐妹却说我永远给人看颜色。"

开明骇笑。

"开明，"永颜又说，"你未婚妻不会嫌弃我俩的友谊吧？"

"当然不会，她不是那样的人，她性格大方可爱，"开明非常陶醉，"对人对己都有信心，你一定喜欢她。"

刘小妹看着开明倾心的表情，希望将来也有人如此对她。

张家玫比较直接，她把许开明及邵子贵约到家中喝下午茶。

她站在门口亲自迎接，务求第一时间看到邵子贵。

张家玫没有失望，子贵的确长得好，脸上有正在恋爱的特有淡淡莹光，眉眼不画而翠，唇不点而红，身段柔软修长，秀发如云，衣着大方，不暴露，不喧哗，年纪不大不小又刚刚好。

张家玫认为邵子贵可打八十五分。

由一个妙龄女给另外一个妙龄女八十五分，那是破天荒的超级分数。

子贵与张小姐闲谈一会儿，忽然想起一点事，到书房借用电话。

张家玫看着子贵背影，轻轻说："开明，就是她了？"

开明肯定地答："是。"

张家玫改了题目："家母小时候老跟着祖母逛百货公司，那时，她至喜纽约沙克斯第五街[1]，认为那才叫作大公司，每次都叫她乐而忘返。"

开明纳罕，张家玫想说些什么呢，除出子贵，她们都是那样高深莫测。

张家玫说下去："然后，有一年，她说，她到了伦敦，祖母带她走进比芭。"

---

[1] 沙克斯第五街：即萨克斯第五大道（Saks Fifth Avenue）。

开明点头，"我听说过那家百货公司，它以法式装饰艺术装潢为主，非常优雅别致，与众不同，但因经营不当，在七十年代已经关门。"

"但家母肯定那是她所见过世上最美丽的百货公司。"

张家玫到底想说什么呢？

她揭晓哑谜："开明，你见到的是沙克斯还是比芭？"

开明看着家玫，微笑答："我从来不逛百货公司，我一年只光顾两次拉夫罗兰专门店。"

这时子贵已经出来。

开明稍坐一会儿便告辞。

他说："家玫一直不开心。"

子贵诧异，"是吗，我倒没注意。"

"你没看出来？"

子贵笑，"我根本没看，事不关己，己不劳心。"

真难能可贵，讲得太正确，闲人的眉头眼额，理来做甚。

开明轻轻将子贵拥在怀中，怀抱渐渐收紧，一直紧到二人呼吸有点问题，才缓缓松开。

"子贵，家母说我们该筹备婚礼了。"

"盛大婚礼，还是一切从简？"

"大概要请五六十个亲友到大酒店去吃顿乏味的西餐。"

子贵松口气,"我比较懂得控制西菜场面。"

"早上去注册签名。"

"让我们到外国注册,回来才吃饭。"

"你看,问题已经解决一半,子贵,由你负责订飞机票及酒席。"

子贵笑,"我们要陆续试菜试酒试礼服。"

"谁做伴郎与伴娘?"

"看,都要预约。"

"先得问父母借贷。"

"不要太破费,我家可以负担一半。"

"不要说笑话,怎么可以问他们要钱。"

子贵笑,"在外国,女方负责所有婚礼开销。"

开明答:"习俗是习俗,我们中国也有所谓三聘六礼,谁还会去理那个。"

每天做一点,一两个月后渐见婚礼规模。

最困难部分本来是找房子,可是许太太决定将开明此刻住的公寓送给他们,皆大欢喜。

要到这个时候,许开明才见到岳父邵富荣。

他长得相貌堂堂，国字口面，约六十岁，精神十分好，穿考究深色西服。

对开明客气极了，又表示欣赏他的才华，最后说："我是一个生意人，杂务十分之多，所以存一笔款子在子贵户口，任由她编排，你们年轻人自有主张，我们长辈意见太多，徒惹人厌，总之，届时把帖子给我，我便准时出席，哈哈哈哈哈。"

大刀阔斧，实事求是。

开明看到岳母暗暗松一口气。

岳父的年纪比岳母大很多。

接着，子贵走到父亲面前，轻轻说："谢谢你。"

邵先生口气像是有点感慨，"子贵，我祝你快乐。"

子贵颔首。

开明看着他俩，觉得父女之间尊重有余，温情不足，也许因为邵先生一直在外头做生意的缘故。

稍后开明发觉邵先生存在子贵户口的是七位数字，而且另有房产划归她名下。

"哗，"开明说，"幸亏只得你一女儿。"

过了很久，子贵才轻轻回答："不，不只我一个。"

开明一怔，转过头来，"他们人呢？"摊开手大表讶异。

子贵轻轻答："都是大太太生的。"

开明一听，瞪大双眼，随即发觉那是最不礼貌的行为，于是若无其事啊一声。

"你不觉意外？"

"一点点。"

"大太太共有两子一女，同我家没有来往。"

开明说："过来，坐下慢慢谈。"

子贵走近开明身边，在他旁边座位坐下。

开明拥着子贵肩膀，"看得出他对你不薄。"

"我也觉得如此。"

"那就可以了。"

轮到子贵诧异，"你好像没有什么问题。"

开明莫名其妙，"我应有什么问题？"

子贵张大嘴，没想到开明会那样欠缺好奇心。

开明摊开子贵的手，把脸窝进去，"我爱你。"

子贵别过脸去，悄悄落下泪来。

开明的世界澄明清晰，所有无关紧要的事统统丢开，而他一直认为世上要紧的不外是子贵与他，当然，还有父母亲。

他与母亲谈过这件事。

"子贵父亲有两个妻子。"

明理的许太太只啊了一声。

"你想知道详细情形吗?"

许太太立刻说:"不,我不想知道,开明,我们更要好好爱护子贵。"

"谢谢你,母亲。"

"开明,你是我的孩子不用客气。"

母子二人都笑了。

挂上电话许先生问妻子:"何事好笑?"

"开明说,子贵父亲有两个妻子。"

"齐人之福。"

"现在才知道,一心一意毕竟难能可贵。"

"所以,你怎么感激我呢?"

许太太瞪丈夫一眼,"才怪,你才应该对我感激流涕吧。"

"嘿!"

二人竟没有论及他人是非。

子贵与母亲去试车,坐在二座位德国名贵跑车里,她问服务员有否银车身红皮座垫。

"邵小姐，银身不成问题，红皮座位已停止生产。"

子贵有点失望，忽然听得母亲在一旁轻轻自语："越是那般高尚人家，越是要同人家说清楚。"

子贵猛地挂下脸来，"妈，你有完没完！"

邵太太连忙低下头。

子贵立刻后悔了，她扶着母亲的肩膀，"妈妈，对不起，妈妈，对不起。"

母女相拥落泪。

服务员将色版取来，看到客人哭了，不知发生何事，只得发愣。

子贵抹干眼泪，"就要这辆好了。"

"是，是。"这是他所见过，最激动的顾客。

那天傍晚，开明问子贵："婚后你会不会辞职？"

子贵一听，立刻把双臂抱在胸前，如临大故："没有可能！"

开明连忙安抚，"别紧张，我只是问一下而已。"

"对不起我反应过激。"

开明笑，"别担心，我做你近身丫鬟，再请一个家务助理打杂，让你放心工作。"

子贵渐渐松弛，微笑道："那还差不多。"

开明说："宇宙公司一定对你很好。"

子贵答："不见得，我自小见母亲一早起床妆扮好了，终日无所事事，非常无聊，心里有个阴影，所以发誓要有工作，每天有个目的，出了门，抵达公司，有人招呼，有固定工作量要完成，上司同事交换意见，一起出门去开会……"

开明摊摊手，"我不反对。"

"我会做到五十五岁。"

"没问题，"开明说，"我支持你，子贵，我总会在你身旁。"

子贵惬意地笑，"我知道，所有童年时的不快你都会补偿我。"

过一会儿开明才劝她："据我观察你父亲厚爱你，我相信所有不愉快记忆都是你多心之故。"

"开明，你就是有这个优点，心事都往好处想。"

"那么，你应跟我学习。"

屋子重新装修，不过修一修墙壁，地板打一层蜡，窗帘换过新的，又添两盏灯。

邵太太觉得简陋，"屋里怎么空空如也？"

子贵笑答："这样才好。"

"唉，不似新房。"

子贵说："我怕噜里噜苏的装饰品，小时候，看用人替你抹梳妆台，逐瓶香水取起放下，一整个上午过去了，第二天又得再来……"

邵太太低头抱怨："但凡娘家有的，你必定要全部丢弃。"

"没有的事，"子贵分辩，"我可没有拒收嫁妆。"

邵太太点头，"这倒是真的，一是一，二是二，泾渭分明。"

忍不住笑。

女儿要出嫁了，母亲心灵受到极大冲击，思前想后，前尘往事，纷沓而至，感慨自然特别多，情绪也比较波动。

子贵尽量体贴母亲，事事让她参与。

当下说："一嫁人可以现成搬进新房住，在今日也算是福气了。"

邵太太点头，"这是真的，许家确是高尚人家。"

"来，来看我们的房间。"

只见光洁的木板地上一张大床，白色的被褥，两张茶几，并无其他家具。

"这倒好，每日可以沿床跑步。"邵太太终于出言揶揄。

子贵当然不怕，她诧异地说："跑步？我与开明打算踩脚踏车。"

邵太太轻轻在床沿坐下，忽然说："她出来了。"

子贵一怔，可是马上知道母亲口中的她是什么人。

过片刻，轻轻问："人在何处？"

"在这里。"

子贵有点意外，"几时到的？"

"好几天了。"

"怎么不马上告诉我？"

"你正在忙。"

"她住在什么地方？"

"酒店里，说想回家住，我拒绝了她，我说，我得先问过子贵。"

"她那个人呢？"

"是她要离开他，说三年在一起，实在已经足够。"

子贵垂头。

"此事颇叫我为难，子贵，我已决定叫她走，你正在筹办婚礼，她夹在当中诸多不便。"

子贵低着头沉吟，她穿着套头毛衣，绝厚的长发盘在头顶，像是有点重量，把她的脸越压越低。

子贵神色渐渐悲哀苍茫，终于说："那也不好，这也是她的家，想回来总得给她回来。"

可是邵太太说："不，当初是她自己要走的。"

子贵凄然笑，"这种话，只有老板对伙计说出来，才理直气壮：'看，当初是你自己要走，好马不吃回头草，反悔无效。'至亲之间，不可以如此计算。"

"你的心慈悲。"

子贵像是有点累，走到白色大床上躺下。

"我有和你说过吗，开明本来有个弟弟，比他小一点，养到两岁，不幸患急性脑膜炎去世，开明母了至今伤心不已。"

"啊，有那样的事。"邵太太表示惋惜。

"他们一家真是相爱，我十分羡慕，或者，那是我们的榜样。"

邵太太不语。

"开明说他常常梦见弟弟同他踢皮球，他一年比一年大，弟弟仍然是幼儿，可是两兄弟并不陌生，玩得很高兴。"

子贵声音里充满怜惜。

她母亲长叹一声。

子贵看着天花板，"生离死别真是可怕痛苦之事，妈妈，让她回来吧。"

邵太太半晌才说："我还要想一想。"

"你这一想，她又要走了，那真不知何年何日才能再见。"

"你仍然爱她。"

子贵有点无奈，"我想过了，不知是否爱的缘故，我爱我的瞳仁吗，不可以说爱，我爱我的四肢吗，不可以说爱，可是我失去它们还能生存吗，大抵很困难，她在外头，我仿佛少了身体一部分，快乐好似不能完全，我想，她是回来的好。"

邵太太站起来，"我考虑过再说。"

"妈妈，她还是那样漂亮吗？"

邵太太一怔，神情略有厌恶之色，"我从来不觉得她漂亮。"

她已不愿多讲，这次谈话宣告结束。

这段日子，开明几乎天天在岳母处吃饭，和老用人阿笑混熟了，有点放肆，开始自作主张吩咐她做什么菜。

"红烧鱼云你会做？还有，清蒸狮子鱼呢？好久没吃煎挞沙[1]了，还有，泥蜢鱼粥也美味，越是这种便宜鱼越是好吃。"

以致邵太太大吃一惊，"开明，你明明不是广东人。"

"阿笑是，阿笑做粤菜一流。"

老阿笑双眼眯成一条线那样笑。

岳母家并不大，可是家私奇多，全都是法国美术式，台椅每个角落都打卷雕花，描上金漆，椅面全用织锦，金碧辉煌。

子贵占用的小房间内情形也差不多，一张小床上还设有纱制帐篷，十分娇美。

开明微笑，"婚后委屈你了。"

子贵惆怅，"没法子，人生每一阶段不同。"

"一看就知道你自幼生活得像小公主。"

---

[1] 挞沙：即挞沙鱼，比目鱼的一种。

"还过得去。"

"叫阿笑过来我们家继续服侍你。"开明灵机一触。

"那妈妈怎么办？"

邵太太在一边说："不用挖角，下个月自有菲律宾人来上工跟阿笑学习，如是可造之才，则会到你们家去帮忙。"

开明连忙打揖唱喏，"岳母大人你这下子可真救了小生，否则我就得沦为灶跟丫头。"

邵太太笑，笑着忽然落下泪来，悲喜交集。

子贵连忙与母亲回房去洗把脸。

开明独自坐在露台看夜景。

有一只手轻轻搭在他肩膀上，他知道那是子贵。

他没有回头，把她的手握紧紧，然后搁在脸旁。

猛然想起，"啊，戒指做好了。"

自内袋取出丝绒盒子，打开给子贵看，"我替你戴上。"

子贵没有说话，戴上戒指，把脸依偎在开明胸膛上，双臂围着他的腰。

开明微笑，"看，如此良辰美景。"

子贵颔首。

因为时间充裕，筹备婚礼这种天下最叫人心忙意乱的事也变得十分有趣，主要是两个年轻人都不计较细节，而且有幽默感。

没有玉兰就用玫瑰，没有荷兰玫瑰就用新西兰玫瑰，开明与子贵在这种事上永远不坚持己见，酒店宴会部经理受了感动，反而替客人尽量争取。

其实，在场的亲友只会感觉到气氛是否融洽愉快，没有人会在乎桌子上的花朵来自哪个国家。

到了年中，一切已经准备就绪，就差步入教堂。

开明的同事周家信约他去喝啤酒。

他们都知道他要结婚。

周家信与开明谈得来，两人已有将来合作拍档的计划，周君为人稍为激进，但这不是缺点。

那天他们没谈公事，周家信微笑说：“这是你最后考虑机会了。”

开明也笑，“太迟，她的衣服鞋袜已经搬了进来。”

周家信很羡慕，“看情形你真爱她。”

开明承认，“不会更多了。”

“邵小姐是有嫁妆的吧？”

"她十分受父亲钟爱。"

周家信低下头，"我亦希望娶得有嫁妆的小姐。"

开明诧异，"家信，许多能干的女子，双手即是妆奁，年入数百万，胜过慷慨的岳父。"

周家信立刻说："你讲得对，开明，我幼时家境不好，看到大嫂老是扣克母亲的零用，吓怕了。"

"现在社会比较富庶，不会有那样的事。"

周家信说："可是真正相爱如贤伉俪，还是难能可贵。"

开明笑，"好像每个人都看得出来。"

"世人并不笨，"周家信答，"快乐是至难伪装的一件事。"

开明说："以后出来喝啤酒的次数会相应减低。"

"开明，可否请你帮一个忙。"

"一定鼎力相助。"

"开明，听说你同刘永颜是熟朋友。"

"是，"开明答，"你想认识她？"

周家信有点腼腆，"被你猜中了。"

"你见过她？"开明好奇。

"一次我在报纸社交版上看到你与她的彩色合照。"

"竟有这样的事，"开明诧异，"我倒反而不知道。"

"约会最好安排在周末，那样，时间可以充裕些。"

"可是，"开明说，"不如先吃一个午餐，发觉不投机可以早点溜。"

周家信微笑，"不会不投缘的。"

开明忽然明白了，他已经把话说得很透彻，他存心结交家里有点钱的小姐，一定有办法包涵她的缺点。

也许周家信少年时的经验太坏，老看着寡母与大嫂争兄长那份收入，所以害怕出身寒微的女子，这是他的选择，作为朋友，开明愿意成全他。

"刘小姐为人如何？"

开明答："十分天真可爱，我把她当妹妹一样，你会喜欢她的。"

家信点头，"这就好，我最怕到处找饭票的女子。我的是她的，她的是她自己的，然后我的余生就为着满足她的欲望而活着。"

"不，"开明笑，"你放心，永颜不是那样的人，包在我身上，我替你安排。"

"开明，我知道你对朋友好。"

"举手之劳，不足挂齿。"

开明把刘永颜约到新居，让新女佣做菜给她品尝，周家信当然也是主客。子贵是女主人，忙着主持大局。

永颜笑嘻嘻对子贵说："其实是我先看见许开明。"

子贵唯唯诺诺，"承让，承让。"

饭后，永颜想吃木瓜，家里只得石榴及李子，周家信自告奋勇去附近买。

开明趁这个空当问永颜："觉得我的未来拍档怎么样？"

永颜当着子贵的脸说："很精明很刻意。"

"但是个人才，是不是？"

"他会贪女人的钱吗？"

开明啐一声，"人家是专业人士，一个营业执照到银行去也可按几十万，你为什么不说我贪钱？"

永颜声线转为温柔，"你，你知道什么叫钱？"

开明不住点头，"这简直把我当傻瓜。"

子贵笑着递香槟过来，"兄妹俩别激动。"

永颜低声说："我爸叫我这一两年额外留神，否则就老大了，届时不知多麻烦。"

子贵骇笑，"可是那个人如果不出现，还不是得等下去。"

刘小妹像是忽然长大了，嫣然一笑，"一切也不过看个人选择而已。"

开明很高兴，"周家信人是绝对殷实可靠的。"

刘永颜说："我先走一步。"似无兴趣。

"喂，等他送你岂非更好。"

刘永颜笑笑，"你叫他明天打电话给我好了，此刻我想去兜兜风。"

"这——"

子贵给开明一个眼色，"这样也好，不着痕迹。"

开明送永颜到停车场。

永颜上车，忽然又按下车窗，"是我先看见你。"

在晚风中那句话听上去有点凄凉。

不过，对永颜来说，虽然自小满房都是玩具，但是有一只被别的小孩拣去玩，也是不甘心。

在电梯里碰见周家信，双手捧满各种水果。

开明告诉他："人已经走了，不过，叫你明天打电话给她。"

家信点点头，并无太大失望，坐在许宅大吃买回来的木瓜葡萄与桃子。

他与开明谈一会儿将来大计，也就告辞。

开明问子贵："他们会成功吗？"

子贵笑，"不要紧，都会中有妆奁的女子是很多的。"

"可是，有目的婚姻会幸福吗？"

子贵答："婚姻有许多种，依你说，要怎么样方可结婚？"

开明笑嘻嘻说："要像我这样爱慕你呀。"

子贵凝视开明，"可是，你没有痛苦。"

开明掩着胸膛，"啊，为什么要我痛苦？"

"他们说，要是你真爱一个人，你会浑身痛楚。"

"那是指不幸的单恋者。"

子贵想一想，笑了，"大概是。"

开明握住她的手。

寂寞鸽子 09

叁·

两姐妹坐一起，她似她的影子，她像她的复印，可是气质上有微妙的分别。

那一天，其实同任何一天没有两样。

初冬，天晴，阳光普照，许开明一早抵达公司，碰到周家信顺口说一句："这次不行，下次再跟你介绍。"

开完一个会议，正与业主寒暄数句，秘书忽然进来说："邵小姐找。"

开明一怔，马上去听电话。

子贵绝少到写字楼来找他，一定有急事。

她声音倒还镇静："开明，我妈在家突觉晕眩，已经叫了医生，我此刻在粉岭高尔夫球场，会立刻赶回，你可否抽空立刻到我家去？"

"我十五分钟内可到，我在家等你。"

"好，回头见。"

开明即时放下一切赶往邵家。

阿笑前来开门，一见是他，顿时松了口气。

许开明二话不说，也不避嫌，立刻抢进邵太太卧室，医生正在诊治，见到开明，知是亲人，吩咐了几句话。

知道无恙，蹲下细声道："要不要进医院观察？"

邵太太摇摇头，"子贵——"

"马上就来。"

开明着阿笑服侍岳母服药，一边送医生出门，顺便斟杯水喝，一转身，看到子贵背对着他站在露台上。

冬日斜阳照射在她头发上映成金圈，她穿一件大领子浅紫色兔毛绒线衫，一条紧身裤，伏在栏杆上看风景，姿势竟十分悠闲。

开明一边近过去一边讶异地说："子贵，你怎么已经来了？"

走近了，看见她颈背肌肤如雪，不禁低头吻了一下，"妈妈无恙，你放心。"

却不料子贵轻轻推开他，转过身来，说道："你认错人了。"

开明大吃一惊，呆在当地，看着她。

明明是子贵!

身体发肤,明明都像煞子贵,但,看仔细了,眉梢眼角,又仿佛不是子贵。

许开明这一惊非同小可,他倒退三步,涨红了脸,"你,你是谁?"想找个地洞钻。

那女郎笑了,嘴角弯弯,风情无限,揶揄之心十足,双手抱在胸前,向前踏一步。

正在此际,门铃大作,阿笑赶去开门,进来的是子贵,她一脸泪水,像一个孩子似的用外套的袖子去抹,见到开明,问道:"妈呢?"

开明连忙迎上去:"她没事,你别急。"

心里却想,如果真的子贵在这里,适才他吻的又是何人?

转头一看,那女子已不知所踪。

许开明如着了魅,他额角冒汗,不敢把刚才的事讲出来,那到底是谁?分明是子贵,却比子贵更美更媚,她是真人,还是来自他的想象?

他坐在沙发上发呆。

嘴唇接触到她柔肤的时候闻到沁人心脾的香气,开明的手掩住自己的嘴。

子贵自母亲房中出来，不停哭泣。

开明不得不回到现实来，"子贵，缘何哭泣？别叫病人看见眼泪。"

他斟一杯白兰地，自己先喝一口，随即坐在子贵身边，把酒杯递到她唇边。

子贵脸色有点苍白，手是颤抖的，"我吓坏了，一路上只想到母亲一生痛苦多快乐少……"

她闭上双目，把头靠在开明的肩膀上。

开明用手去把她的乱发拢到脑后。

那个那么像子贵的女子到底是谁，是子贵的精魂？

公司的电话追上来，开明同岳母说："我傍晚再来。"

邵太太大致已经没事，拉着开明的手，"你去忙你的，不用赶来赶去，女婿如半子，今日我总算享到福了。"

子贵送到门口。

开明低声喝道："立正、挺胸，深呼吸！"

子贵在愁眉百结中笑出来。

回写字楼途中，开明抬头看了看天空，这一天，其实很普通，同往日并无不同，可是，他又心不由主地伸手去碰了碰嘴唇。

那个会一直开到晚上八时，散会后有同事一定坚持原班人马去吃饭，开明拨电话到邵家，阿笑说："太太与小姐都已经睡了，姑爷不如明天再来。"

开明便跟大队去吃饭。

散席后再拨电话，已经无人接听，一家经过今日扰攘，想必累极。

开明回到家里，开了音乐，躺到床上，看着天花板，脑海里忽然充满了那女郎的情影，驱之不去。

他做梦了，问她："你不是子贵，你是谁？"

女郎笑他无知，"我当然是子贵，你还希企谁人？"

"不，你不是她。"

女郎笑，"你肯定认得出来？"

"我是她未婚夫，我当然知道。"

"其实，我才是你真正在等待的那个人，子贵不过是我的替身。"

"不，你是子贵的叠影！"

女郎斜斜地看住他，"那，为何你心中想的不是子贵而是我？"

开明哗呀一声，张开眼，自床上跃起，原来闹钟已响，他连忙起床梳洗。

子贵的电话跟着来了："妈妈已可起床，开明，今晚来吃饭。"

"我会尽量早到。"

子贵似乎更忙，不便多说，匆匆挂上电话。

私人时间越来越少了，都会生活就是如此，公事日益霸道，得寸进尺，把人所有享乐空间挤出去消失。

做男人到底又还方便些，刮一刮胡须，换一件衬衫，又是一条好汉。

他回到公司里，三杯黑咖啡到肚，仿佛船落了锚，感觉踏实得多，开明肯定昨日在邵家见到的，是一个人，不是幻觉。

他知道今日他还会见到她。

不知怎的，想到这里，双手有点发抖。

那日下班，秘书体贴地递上一盒礼物，"带这盒燕窝去。"

开明叹口气，"这东西其实并无营养。"

秘书笑，"你同太太奶奶们说去。"

"其实人世间珍馐百味经过分解，不过是那几只蛋白质糖分淀粉质及维生素，通通一样。"

"怎么了，尽发牢骚，快去吧，在等你呢。"

许开明在邵府大门前按铃，阿笑来开门。

"姑爷，小姐陪太太洗头去了，片刻即返。"

开明抬起头，看到昨日那个女郎仍站在露台前看风景，闻声转过头来，开明发觉她的头发已经剪短，浓而密，紧紧贴头上，像个小男孩，造成对比效果，于是她大眼更灵，嘴唇更红。

开明静静地看着她。

果然是真人。

她开口："你来了，请坐。"

开明听到自己问她："你为何剪掉长发？"十分惋惜。

"啊，"她笑答，"免得你又误会我是子贵，再说，"她的声音忽然转柔，"我对身体发肤，也不如一般女子那样痛惜。"她的声音有一股悠闲，幽幽地，叙事也似倾诉心事。

"我是——"

"你是许开明，即子贵的未婚夫。"

开明点点头。

"子贵陪母亲去理发。"

"刚能起床，真不该动。"

"可是，"女郎感慨，"姨太太习惯比常人更注意仪容，积习难改。"

开明吃惊地看着她，她是一个鲜明的邵子贵，不但更美更媚，且更聪敏更大胆。

她的眼神中有一丝温柔，"你不知道我是谁吧？"

"不，我不知道。"

"你有没有猜过？"

"不，我没有，子贵想必会告诉我。"

大门一响，有人进来，子贵的声音传来："我早就该告诉开明。"

开明转过头去，"妈妈呢？"

"我已叫阿笑去陪她，"子贵微笑着走近，"开明，我介绍你认识，这位是我孪生姐姐贝秀月。"

开明真正意外了，没想到她们是同胞，而且是孪生，并且，子贵要待今日才提到她。

他不出声，低头喝茶。

子贵说："姐姐现在与我们住。"

无论多意外，这仍是子贵家事，开明不想好奇多问。

子贵说："亲友都说，我们长得一模一样。"

这时开明却说："不能说一模一样。"

子贵似乎有点安慰，"那也有九分相似。"

贝秀月不语，站起来，走到窗边，看街上风景。

她穿一件小翻领白衬衫，黑丝绒三个骨裤子，许开明发觉她衣服式样全属于五十年代潮流，十分别致。

子贵见开明接受得十分好，蹲到他面前说："应该早点告诉你。"

贝秀月忽然笑，"我是家里的黑羊，若能隐瞒最好隐瞒。"语声轻不可闻。

邵太太回来了。

原来她已忙了一天，先到律师处去立遗嘱，又将股票沽清，坐下来，叹口气说："再世为人。"

许开明笑道："每次开完通宵会议，走在街上看到鱼肚白天空，我也有此感。"

他陪她们母女吃饭，四人均无胃口，也没有多话。

饭后子贵送开明到门口，开明讶异地问："你不随我回去？"

子贵笑，"也罢，我陪你到十点才回来。"

"这就是两头住家的苦。"

子贵轻轻推他，他把子贵拉到怀中。

回到自己的家，开明却跑到厨房找咸牛肉夹面包吃。

子贵问："你为何避谈我姐姐？"

开明先是沉默，然后说："我不知从何说起。"

"她同丈夫分开了，没有拿他分文，回到娘家来。"

"那是个有钱人？"

"是个财阀。"

"他刻薄她？"

"啊不，他不能再爱她了，结婚三年间，他找世界各大名摄影师替她造像七次之多。"

"那她为什么离开他？"

"她不再爱他。"

啊，许开明想，如此率意而为。

"他一直求她回去，愿意答允各式各样的条款。"

"贝秀月怎么说？"

"她的心已变。"

"这人在什么地方？"

"他住东京。"

"是日本人？"

"正确。"

"有无孩子？"

"没有。"

开明忽然说："不，你俩并不相似。"

"几乎南辕北辙是不是？母亲不喜欢姐姐。"

开明抬起头，"那是不对的，太多父母因子女不按他们的意思做而厌恶子女，甚不公平。"

子贵很高兴，"是我力劝母亲让她回家。"

开明想了一想，"她亦不会久留。"

"唏你，叫你许半仙好不好？"

这也不难猜到，那样的女子，大抵不会甘心在娘家清茶淡饭终老。

开明想一想，"我有一事不明白。"

子贵说："我知道，为什么我姓邵，而她姓贝。"

开明颔首，"是跟日本人姓氏吗？"

"当然不是，"子贵黯然，"可见你也不是料事如神。"

开明到厨房去泡了壶热茶。

子贵缓缓道："这有关我的身世。"

开明劝说:"所谓身世,必牵涉到上一代恩怨纠葛,你若不想提,我也不想听,邵子贵此刻身世便是宇宙机构要员,许开明的未婚妻。"

子贵看着开明,微微笑,面孔泛起晶光,"你这个人,无论什么事到你手中,立刻拆解,变成一加一那么简单。"

开明夸口,"当然,我做人的管理科学已臻化境。"

子贵整个人窝在沙发里,这样说,"我姓邵,因为我跟邵富荣姓。"

许开明十分聪敏,一听即刻明白了,啊的一声。

"我与孪生姐姐本来姓贝,母亲带着我们改嫁邵富荣,姐姐不愿跟过来,一直在亲戚家中长大,生活自少年起便有点不羁。"

说完了,是长长的沉默。

开明诧异问:"就这么多?"

邵了贵没好气,"啐!还不够复杂?"

开明说:"真没想到岳父会对你那么好,我很感动。"

"可是姐姐厌恶他。"

"可见一个人很难讨好全世界人。"

"我家气氛永远很冷淡,我向往一家子嘻嘻哈哈,热热闹闹。"

开明想到他的家，"那是极之难得的，我家自弟弟病逝之后，也显得孤清，也许如果我与你努力——"

"我知道你喜欢孩子。"子贵振作起来。

"你也是孩子王，这样吧，我们努力炮制小家伙，子贵，辛苦你了。"

子贵宣布："好，我决定生到三十五岁。"

子贵在十时许离去。

开明收敛了笑容，歪着头，独自坐在客厅里。

贝秀月整个人像一片荡漾的水，说话语气缓缓波动，带点厌世感，叫人回味无穷。

她是那种见一次即难以忘怀的女子。

至少许开明不打算忘记她。

那夜，他没有梦见什么人，起床时几乎有点遗憾。

中午他到百货公司的化妆品柜台参观。

他对售货员说："有一种香味，十分清幽，可是又带人的气息，像是刚出了一点汗的样子。"

售货员骇笑，"有那样的香水吗，先生，每种香水在不同的人身上都会散发稍为不同的香味，没有牌子名字，可能需要踏遍天下呢。"

许开明笑了，"那么，由你推荐一只吧。"

售货员说："买一瓶'夜间飞行'给她吧。"

开明道谢离去。

他为自己的行为深深讶异。

他站在街角镇定一下，走上宇宙公司，邵子贵的助手认识他，一见，连忙迎上来，"许先生，邵小姐知道你来吗？她出去了。"他取出袋中的香水，笑笑，交给那女孩子，"请替我交给她。"然后转身离去。

那女孩子叹口气，看着他背影消失，对同事说："唉，前世不知须做多少好事，才能嫁于此人，真是要才有才，要人有人，羡煞旁人。"

同事有同感："那样英俊，天天看着就够开心，还有，家底也好，又是专业人士，做他妻子，生活当然无忧，大可在家专心养孩子，而子女又必定遗传优秀，聪明漂亮……"

许开明当然没有听到这番话，但心中一片苍茫。

心底最黑暗的角落有一把极细微的声音说："你认错了人。"

开明自然不服，辩曰："认错了谁？"

"你在等的是贝秀月，可是心急，看到邵子贵，误会是她，许开明，你认错人。"

"不！"许开明大声叫出来，自己都吓一跳。

下午五点钟的他看上去居然有点憔悴，这是前所未有的事，他连忙换衬衫刮胡髭。

外头，有人正问他秘书："你可见过许开明换衬衫？"

秘书忠诚地拉下脸，"别调戏我上司，因为他比常人漂亮。"

"咄，沙滩上大把有得看，什么稀奇！"

秘书挤挤眼，"但那不是许开明。"

"喂，有没有？"

"从没有，他十分谨慎。"

这时许开明推开门出来，把两个女孩子吓一跳。

她俩还有下文："同样是眼睛鼻子嘴巴，不知怎的，他的就是好看。"

"你见过邵小姐吧？"

"嗳，也只有她配他。"

那日傍晚，他去接子贵，见她上车，吓一大跳。

"你的头发！"

剪短了，式样做得与姐姐一模一样，若不是子贵穿着整齐套装，许开明一定会再一次认错人。

子贵讶异，"开明你何故惊怖？"

"你剪发为什么不与我商量？"

"这样的小事——"

"不不，这不是小事。"

"那么，再度留长也就是了。"

"那需要多久？三年、四年？"

子贵从未见过许开明那么激烈的反应，不禁好笑，"一定可以恢复旧观。"

许开明看着那一头短鬈发，无比错愕，都说孪生儿有奇异的互相感应，果然，一个剪掉头发，另一个也随即去剪短。

"现在多方便，每朝起床淋浴时连带洗一下即可上班。"

开明气结，"不如光头。"

子贵只得笑着保证，"下次一定与你商量。"

"还有下次？"

子贵并不了解开明心底那认错人的恐惧。

"上我家去。"

"今天我们去吃云吞面。"

"我想多陪母亲。"

"不是有你姐姐吗？"

"她出去见那日本人。"

啊找上门来了。

"他一直求她回去。"

"好，吃了饭马上走。"

邵太太十分苦恼。

一顿饭牢骚不绝，一改平日温婉。

"开明，你多吃一块卤牛肉，唉，做母亲真难，秀月为什么不像子贵呢，我也不明白，一对双生子，出生时间只差十分钟，对母亲的态度，却天南地北，开明，我再给你盛点汤，阿笑做的洋泾浜罗宋汤还不错，一个事事以我为重，一个事事与我作对。"

子贵劝道："妈，两个有一个中已经够好。"

许开明忍着笑，唯唯诺诺。

"开明，秀月不尝试了解我，她有什么差池，人家一定怪我管教不严。"

"不会的，妈，一人做事一人当。"

邵太太悲哀了，"人家怎么看我，我知道，我的孩子也连带受罪，像子贵，要比同辈做得好过三倍，才会叫人家接受她。"

子贵说："妈，我已胜过表兄弟姐妹十倍不止了。"

开明没想到子贵会这样夸张，哈一声笑。

邵太太又叹气，"我女婿胜他们百倍才真。"

开明连忙说："妈太夸奖啦。"

邵太太忽然哭了。

开明立刻去绞热毛巾。

开明知道邵太太感怀身世，故一味安慰。

邵太太缓缓止住悲伤，一顿饭吃了两个小时，这时，大女儿也回来了。

她穿着一件宽身旧丝绒长大衣，外国人叫摇摆款式那种，进得屋来，朝各人点点头，一双亮晶晶眼睛看着许开明一会儿，随即垂头坐下。

开明走近她，才发觉那件丝绒大衣是剪毛貂皮，不知怎的柔软得似一块布料。

这时，子贵也跟着过来，"外头在下雨？"

可不是，大衣上有雨渍，贝秀月站起来，脱下外套，开明看到她里边穿一件黑色纱衣，低胸衬裙。

她的衣服全部都不切实际，用来做纯装饰，可是每一件都有强烈效果，穿在她身上，好看得不得了。

她似乎很疲倦，开明去替她斟一杯酒。

两姐妹坐一起，她似她的影子，她像她的复印，可是气质上有微妙的分别。

开明听得子贵问："他怎么说？"

"叫我回去，如果愿意，可住在纽约或是巴黎。"

"你怎么想？"

"他纽约已经另外有人。"

连声音都一模一样，像一个人在读剧本上的对白，自己一对一答。

"你拒绝了他？"

"是，"长长一声叹息，"我需要自由，我在他那里不快乐。"

"他反应如何？"

"没有上次那么愤怒，"讪笑，"有点进步。"

开明在这个时候把酒递过去，贝秀月接过，一饮而尽。

"我想搬出去，在这里我不敢抽烟不敢夜归。"

子贵说："妈妈的意思是——"

她姐姐答："我活在世上，目的并非为遵守她的意思。"

子贵也叹气，终于说："看房子，找开明帮忙好了。"

许开明吃一惊，"我，我——"

子贵看着未婚夫，"你怎么了？"

开明连忙说："我马上去进行。"

贝秀月轻轻说："麻烦你了开明。"她回卧室去。

子贵说："这几天她不眠不休，累到极点，真没想到分手会那么痛苦。"

开明不语，也许，她是为前程担心，现在出是出来了，可是将来的生活又如何呢，她身边可有足够余生用的钱？她会不会怕寂寞？

"搬出去也是好的，她与母亲始终合不来。"

许开明真把这件事当作他的任务。

他到处去帮她找房子。

都会里居住环境并不理想，也无太多选择，她一个人，即使富有，住独立花园洋房也不适合，郊外更嫌隔涉，许开明颇伤脑筋，大厦房子一幢一幢似骨牌，有全海景的似大风坳，一刮风屋子不住摇晃，低一些只能在屋缝中看风景，要不客厅与人家客厅窗子只差几公尺[1]。

还是要在老式公寓里找。

子贵看过几幢说："装修费用倒是其次，她要求也不高，天地万物，髹成白色已经满意，只是需时长久，怕她不耐烦。"

"子贵，你对姐姐真好。"

她坐在空屋的地板上，"假如弟弟还在的话，你还不是那样对他。"

许开明抬头看天花板，"倘若弟弟还在，我愿意付出任何代价。"

"看，我们是同一路人。"

"就是这间好了，"开明说，"我找人替她赶工。"

子贵笑，"拜托你了。"

开明应了一声。

子贵又说："别忘了婚期是二月十五。"

开明吓一跳，发呆，真的，所有大小事宜一定要在二月十日之前赶出来。

_____

[1] 公尺：1 公尺 =1 米。

他还没有试礼服。

"赶得及吗?"

开明的语气平淡一如与老板应对:"没问题,绰绰有余。"

好友兼同事周家信见他忙得不可开交,因问:"新房不是早已经布置好了吗?"

"这是我大姨的新居。"

"哗,包办老婆娘家全体装修事宜。"

许开明笑,"你要有心理准备,将来,她的事也就是你的事。"

周家信得意扬扬说:"所以,有妆奁到底值得些。"

"你进行得怎么样了?"

周家信答:"我极幸运,刘翁重视我的才学不计较我家境普通,他对我很好,支持我自立门户,开明,不日我会把计划书给你看,工字不出头,好多自己出来接生意,你说是不是。"

开明点点头。

寂寞鸽子 09

肆.

世上不分手又相处融洽的伴侣是极少的，他与子贵能成为其中一对吗，一年前他倒是有百分百信心。

那日回到公司，他听了一通电话。

对方才喂一声，他边换衬衫边说："让我猜，子贵，你想念我，你想听我的声音，你等不及——"

对方咳嗽一声，"开明，你认错人了。"

许开明又一次涨红了脸，连忙把脱掉一半的衬衫重新穿上，还急急扣上纽扣。

"我是秀月。"

"你俩声音一模一样。"

"连你都那么说，"她轻笑，"可见确是相像。"

开明手心冒汗。

"我想看看新居。"

"好，我马上陪你去。"

"我就在你公司楼下电梯大堂。"

"我立刻下来。"

许开明速速取过外套下楼，一边吩咐秘书取消下午一切约会。

这真不像他，可是他也是人，人总有越轨的时候。

贝秀月在楼下等他，她心情颇好，看到开明迎上来，用戴着手套的手替他拨正领带。

"来，带我路。"

路上她絮絮告诉开明她对将来有什么打算。

"办一家画廊好不好？"

"不会有生意。"

"那么，开一间水晶店。"

开明笑，"几只名牌子都早有代理商。"

"那么，你教我做装修。"

"那是极端辛苦的一个行业。"

"开明，你怎么老泼我冷水。"

"这，对不起。"

她笑了，"我也知自己毫无专长，我与邵子贵是两个人，母亲讨厌我是因为我太像她，而且又走上了她当年的老路，我唯一的本事是做别人的女伴。"

开明不出声。

贝秀月说："你看你，开明，你真能做到爱屋及乌。"

开明轻轻说："你并不是乌鸦。"

贝秀月低下头笑，"子贵与我说你，一说一两个小时不停，你像她说的一样好，有过之而无不及。"

开明谦逊道："我太幸运。"

抵达新居，开明用锁匙启门，让她进去参观。

工人喝茶去了，只余三两个人在髹漆。

贝秀月转一个圈，十分诧异，"开明，你完全知道我要的是什么。"

开明很高兴，"真的吗？"

"看样子下星期可以搬进来。"

开明说："我替你订了些家具，子贵说你喜欢柔软大张的沙发与床。"

感觉上这个也是他的家，也由他一手一脚布置。

"谢谢你，开明。"

"举手之劳耳。"

走到楼下，她说："开明，我一只手套漏放在窗台上了。"

他服侍她上车，"你等我，我替你去拿。"

他在窗台上看到她的皮手套，穿得有点旧，脱下也有手指的模印，拿着它有点像握着她的手，开明轻轻把手套握在手中一会儿。

然后才急急下楼。

在车上，她同他说："开明，我需要你介绍一个精明的离婚律师给我。"

许开明十分关注，"还有麻烦吗？"

秀月吁出一口气，"有，怎么没有，他要留难我。"

人们处理离婚总是处理得那样坏。

"他扣留所有我应得的财产。"

"那是不公平的。"

"听，听。"

"或者，你需要的不是律师，而是一个谈判专家。"

"谁，谁可以代表我？"贝秀月有点绝望。

是晚，许开明自告奋勇，与子贵说，愿意与日本人见面。

子贵沉默一会儿才说："你大概不知来龙去脉。"

"请说。"

"那日本人叫山本，据说同野寇堂有点牵连，这次秀月

挟带私逃，他居然到这里来求她，已是天大恩典，你还去
同他谈财产问题？"

许开明不以为然，"秀月生活需要开销，他前头人沦落
了他面子上也不好看。"

子贵没好气，"我不相信你居然斗胆毛遂自荐，你凭什
么去见他？"

"贝秀月是我大姨。"

"那么，是我不好，给你那样麻烦的姻亲。"

开明轻轻说："有人命中的确会招惹比较啰唆的人与
事，大家应该帮她解决事情，你说是不是？"

"这件事你我不宜插手，除非——"

"除非怎么样？"开明一心一意要帮她。

"除非邵先生愿意出来讲一两句话。"

开明一怔，邵家有许多事他刚刚开始知道端倪。

子贵讲得很含蓄："我后父颇认得一些人。"

"那去求他好了。"

子贵摇摇头，"我与姐姐均非他亲生，是我又还好些，
自小叫他父亲，姐姐与他没有感情。"

开明当然也看到其中难处。

子贵说下去："而且，已经不爱他，却又留恋他的钱财，似乎有点滑稽，我不会那样做，也不赞成人家那样做。"

子贵就是这点难能可贵。

"可是，"开明仍然说，"她没有谋生本领。"

子贵凝视开明，"一个人到了二十五岁而没有工作能力，你说应该怪谁。"

开明微笑，"你说的是道理，但秀月是我们的亲人。"

子贵吁出一口气，"你讲得对。"

邵富荣拨出时间在办公室见许开明。

他和颜悦色，"一切都准备好了吧，以后就是一家人了，我一向疼爱子贵，她从没令我失望过，孩子里数她功课品格最好。"

看得出与子贵是有真感情。

开明欠了欠身，"都由邵先生栽培。"

邵富荣看着女婿，"开明，别多管闲事，你的世界，就你和子贵那样大，容不得别人，听说你密锣紧鼓筹备启业，请允我投资。"

开明赔笑，不语。

半晌邵富荣叹口气，"打老鼠忌着玉瓶儿，你也是为着子贵才上来的吧。"

不，许开明心底想，我不是为子贵，我为贝秀月。

邵富荣说："子贵这孩子一直是我的幸运星，她一到我家我生意就蒸蒸日上，八五年前后，我不能决定置地产还是买股票，正与她母亲商量，她清晰地和我说，地产，结果一个黑色星期五股票全军覆没……"

开明微笑，"邵先生心中一定早有分数。"

邵富荣笑，"开明你与子贵一般懂事。"

许开明打铁趁热，"请帮我们做中间人。"

邵富荣叹口气，"你叫我怎么同山本明说？喂，我继女嫌你配不起她，可是，你得付她赡养费供她余生挥霍？"

开明没想到岳父如此富幽默感，不禁笑出来。

就在这时候，秘书敲门进来，"邵先生，四小姐来了。"

说到曹操，曹操就到。

子贵满面笑容走进来叫声爸爸，然后看开明一眼，"他来干什么，"顿一顿，"可是为着新公司地址没下落？"

邵富荣说："不不不，他不是为自己，他是为你。"

子贵调一杯威士忌给继父，"他为我？"

开明一一看在眼内，心中恻然，子贵自幼寄人篱下，一早学会如何讨继父欢心，如今已做惯做熟，一切像发自内心，当年，想必经过一番挣扎。

贝秀月就没有这样驯服，她情愿在其他亲戚家流离，两姐妹，不知谁吃苦比谁更多。

邵富荣身后放着他大太太所生二子一女的照片，银相架再精致考究，照片中人相貌也还是十分平庸，可是他们一切都与生俱来，不用像子贵那样，辛辛苦苦去赚取。

许开明心中充满怜惜。

邵富荣说："写字楼包在我身上。"

那件事他没有直接应允。

开明知道话说到此地为止，不宜再啰唆。

邵富荣问："公务局里你可有朋友？"

"有好几位老同学。"

"那好，有几件事你帮我打听打听……"

半小时后他们告辞。

开明笑，"幸亏你来了。"

"他有无答允？"

开明答："没有，但把家事与他商量是应该的。"

子贵嗒然，"他已有许久没有看母亲，她是失宠了。"

开明劝慰："岳母年纪已大，你我孝敬她已经足够。"

"我记得我念小学之际，他最爱她，一进门就喊'淑仪，淑仪'，一直叫个不停。"

明知她有两个孩子还是与她在一起，也就很相爱了。

"母亲那时带着两个孩子，已经穷途潦倒，又无工作能力，情况尴尬。"

所以子贵才一定坚持经济独立吧。

"邵富荣救了我们。"

"他们在何处认识？"

"他是我生父的债主。"

"你生父是什么人？"

"一个败家的二世祖。"子贵不愿多说。

可以想象容貌俊美，生活品位高超，否则，怎么会养得出那样的女儿。

子贵忽然说："开明，不如我们明天立刻结婚吧。"

"那也好，我们即时飞到拉斯维加斯去。"

子贵又踌躇，"还是，压后婚期？我觉得还没准备好。"

许开明轻轻搂住未婚妻，"别怕别怕，邵子贵，一切会安然无恙。"

子贵有点紧张，忽然饮泣。

这是婚前正常现象，婚后一切是个未知数，当然会引起若干焦虑彷徨。

老实说，此刻开明内心亦有一丝惶惶然。

贝秀月搬进新居，请许开明吃饭。

开明与子贵到了，发觉厨房冷清清，菜堆在一角无人处理。

"这是怎么一回事？"

秀月沮丧，"本来借阿笑，阿笑临时有事不来。"

子贵笑，"别急，把我们的用人叫来，开明，今晚你大展身手。"

秀月看着他俩，"子贵，你有开明等于有了一切。"

子贵笑，"是吗，我还以为有双手即有一切。"

"那么，你如虎添翼。"

片刻用人来到，卅明卷起袖子，大显神通。

他看到厨房角堆着一箱箱香槟，像人家矿泉水与汽水那样处理，就更加了解为何这位大姨绝对不能放弃赡养费。

上菜时秀月已经有点醉，用手托着头，不胜酒力，可是并无牢骚。

子贵看着姐姐，"耳环怎么只得一只了，这种金丝雀钻很难配得回来。"

秀月却不懊恼，"终于搬了出来，兜兜转转，晃眼十年，仿佛原地踏步，人却老了。"咭咭地笑。

语气有点凄凉，开明低下头。

她用手掩脸，"像我这种女子，二十五岁，已经老大，开明，你没见过我年轻的时候吧。"

子贵劝说："你少担心，还有十多二十年好美。"

"子贵，十多岁时永远不觉疲倦，跳舞到半夜回来挨母亲责骂，索性再离家去吃消夜溜达到天亮。"

"你很伤母亲的心。"

"不，母亲一颗心早已破碎，不过拿我来借题发挥。"

开明觉得她言之有理。

子贵叹口气，"看开明弄了一桌菜。"

秀月说："我来捧场。"

真没想到秀月可以吃那么多，子贵食量也不小，看她们姐妹大快朵颐是人间乐事，开明很怕那种凡事装蚊子哼，又动辄茶饭不思辗转不寐的所谓美女。

终于，开明看看表，"明早还要上班。"

秀月抱怨："开明最扫兴。"

子贵帮他，"除却你，谁不用工作。"

开明说："我们告辞了。"

上了车，开明才问："秀月身上那件淡金色衣裳是什么料子，从没见过那种质地。"

子贵微笑，"她是穿衣服专家，这一穿已穿掉人家几十年开销，那金丝叫莱魅，是她喜欢的料子之一，她还钟意丝绒、奥根地纱及缎子，都是牵牵绊绊，不切实际的东西。"

开明问："她会不会上银行？"

"别小觑她，许多事上她比你精明。"

"怎么会，"开明说，"你看她何等浪掷生命。"

子贵笑不可抑，"你居然以你的标准去衡量贝秀月，她觉得你我为区区五斗米日做夜做才是浪费人生。"

开明抬起头，"是吗？"

真没想到邵富荣会迅速处理继女的家事。

他在电话里找到许开明，"你下班到我公司来一趟。"

约好六点半，开明早了五分钟，在接待室等，邵富荣亲身出来，"开明，这边。"

他开门见山，"我已约好山本明下星期一见面。"

许开明很佩服，他是怎么开的口？

答案来了："我直言我是贝秀月继父。"

那也好，直截了当。

"原来，日本人不知道有我这个人，秀月从来不曾与他提及过，我只得说，我与他师父有过一面之缘。"

许开明不得不小心翼翼："他干哪一行？"

邵富荣笑一笑，"他与我一样，投资餐馆、酒店、夜总会生意。"

"届时我也想来见他。"

"把子贵也叫来，人多势众，我们好讲话。"

开明忍不住笑出来。

"秀月倒是不出现的好，这次她不告而别，的确叫男人下不了台。"

"谢谢你邵先生。"

邵富荣叹气，"那是我所爱的女人的骨肉，我应当爱屋及乌。"

开明称赞他："只有高尚的男人才会那样想。"

"是吗,"邵富荣高兴极了,"你真认为如此?开明,你我有时间应当时时见面。"

又一次印证了千穿万穿,马屁不穿这句话。

邵富荣又说:"秀月脾性与她母亲非常相像,"声音渐渐低下去,"我认识淑仪的时候,她也是二十五岁……"他忽然在该处噤声,像是牵动太多情绪,不便再说下去。

开明识趣地告辞。

自有一名保镖一直恭送他到电梯口。

开明十分懂规矩,欠一欠身,"这位大哥请回。"

那大汉连忙说:"叫我阿壮得了。"

开明雀跃,即刻把消息告诉子贵。

子贵也讶异,"那真是你的面子。"

开明分析:"秀月对他无礼,已是多年前的事,大人不记这种仇,今日有顺水推舟的机会,他便助我们一臂之力。"

"不,"子贵说,"他已不爱我母亲。"

"但他始终觉得是一个责任。"

子贵抬起头,"也许。"

在今时今日,那已经是难能可贵,胳臂走马的好汉。

那一日开明最早到，未来岳父给他一杯威士忌加冰，才喝一口，主角便来了。

他高大英俊威猛，留着一脸阿胡髭，穿最考究的西装，带着一个保镖，用英语着他在外边等。

开明没想到日本人一表人才，十分意外。

那人看见许开明，也是一怔。

邵富荣连忙介绍："这是我二女婿。"

日本人反应甚快，"幸会幸会。"

这时门一打开，邵子贵进来。

日本人面孔僵住，"秀月，在父亲大人面前，说话无论如何须公道一点。"

子贵知道他认错人，笑一笑，温柔地说："秀月没来，我是她妹妹子贵。"

日本人惊疑，"天下竟有如此相似的人。"

子贵走近与他握手，"姐夫喝杯什么？"

日本人吃软不吃硬，这时松弛下来，摊摊手，"我想秀月回来。"

邵富荣苦笑，"她那个脾气，你我都领教过。"

日本人像是回到家里，终于找到理解他苦衷的人，诉苦道："我丢下生意已有大半个月……"

子贵劝说："给她一点时间，也许她就回心转意，你若咄咄逼人呢，她只有更加反感。"

日本人讶异，"一模一样两个女孩子，怎么你就如此合情合理。"

子贵笑不可抑，"因为她长得比我美。"

开明这时咳嗽一下，"我不认为如此。"

大家都笑了。

日本人问："你们说我应该怎么办？"

子贵说："秀月的私蓄发还给她也罢。"

日本人低头沉吟。

子贵又说："你又不在乎，落在人家耳中，只道你刻薄女子，何必赌气。"

日本人又叹气。

子贵说："我知道你心思，你只怕她手上有了钱，更加远走高飞。"

日本人颔首。

子贵又道："那也叫作是没有法子的事，是你的终归是你的，不是你的，说什么都不是你的。"

日本人抬起头，吁出一口气，"你讲得对。"

子贵打铁趁热，"那你就把那瑞士户口放给她吧。"

日本人点点头。

"她还有一点首饰——"

日本人扬扬手，"我着人带来给她。"

子贵没有想到一切如此顺利，水到渠成，她过去轻轻与日本人拥抱。

日本人凝视子贵，"你也是个美人。"

子贵笑。

日本人拍拍脑袋，"有理智的美人十分难得，"看着许开明，"你比我幸运。"

开明说："可是爱里没有理智，"他笑，"你一定热恋过，此生无憾。"

没想到日本人说："告诉秀月，我仍然等她。"

邵富荣大声道："大家喝一杯，我们都是被征服的男子。"

许开明笑。

这时日本人忽然说："我愿意向岳父请教在本地投资夜总会之道。"

"你有时间？我们慢慢再谈。"

许开明知道已经没有他的事，便站起来告辞。

道别之际，日本人握住子贵的手不放。

终于出了门，子贵叹道："不料他一往情深。"

"我还以为他是个粗人。"

子贵说："我有约去见客户，由你把好消息告诉秀月。"

开明惊悸，"不，别叫我单独去见秀月。"

子贵笑骂："你没有问题吧？"

开明只得应："好好好，我去。"

开明站在门外按了许久铃都没有人应，以为无人在家，刚想离去，走廊灯着了。

沙哑的声音："是开明吗？"

"秀月，你怎么了？"

她开门，"我睡着了。"

一看就知道是哭过了；眼睛鼻子红红，身上紧紧裹着件大毛巾浴袍，手上还拿着酒杯。

"坐下，有好消息，山本答应把你那份还你。"

可是秀月垂头说："不，我不要他的钱。"

"那是你应得的。"

"胡说，结婚又不是一份工作，怎么可以赚取年薪，你们都怕我饿死，所以帮我向山本敲诈，不，我不要他的钱，我会自力更生。"

开明不禁有点生气，"如何争气，在香槟池中来往游一百次？"

秀月无言。

"实际一点好不好。"

秀月说："开明我知道你是真心为我。"

那四个字令开明有点心酸，又有点高兴，是，他的确真心为她。

"此事多亏你奔走拉拢成全。"

"唏，不要客气。"

"看我，一塌糊涂。"她饮泣。

"你今日情绪欠佳。"

秀月走到另一角落去掩脸哭泣。

美人应该如此彻底糊涂的吧，从头到尾，不知想要什么，或是几时要，要些什么。

秀月像一只小动物般蜷缩在沙发里，室内灯光幽暗，开明有点恍惚，他站起来，轻轻走向秀月。

就在这时，门铃响了，开明猛地抬起头，一额汗，这时他才知道自己在什么地方。

他急急去应门，脚步踉跄，门外站着子贵，诧异问："为何不开灯？一片漆黑。"

一边走进来一边脱长大衣。

"秀月呢？"

一眼看到她睡在沙发上，子贵替她收拾酒杯，坐在沙发边再轻轻唤她。

开明只觉得他一背脊汗涔涔而下。

子贵意外地抬起头，"咦，睡着了。"

开明连忙说："我来的时候她已经喝得差不多。"

子贵闻言叹口气，"来，把她抱到房里去。"

开明双手乱摇，"让她在沙发上睡一宵好了。"

子贵点点头，到房中取出薄被，盖在姐姐身上。

"她一定是听到好消息松弛下来就睡着了。"

开明只能说："也许。"

"我们走吧。"

开明如释重负。

子贵轻轻说："我希望她速速找个归宿。"

开明笑，"她自管她醉酒闹事，又不碍人，何必一定要把她嫁出去。"

"嫁了人就是那人的责任。"

开明诧异地说："有这样的事？想不到你相信这一套。"

子贵也笑，"我是逼于无奈，实在没有时间照顾她。"

"赡养费一旦解决，她就不用什么人关心她。"

子贵吁出一口气，"是呀，从此本市又多一位名媛。"

开明想一想，"她不会做那样吃力的事，她不喜欢出风头。"

"你仿佛很了解她。"

开明问："你怎么会过来？"

"母亲爽约，她打麻将去了。"

"我肚子饿极，让我们找东西吃。"

婚期渐渐接近，开明有点踌躇，这一结倒尚可，倘若弄得不好，万一要离婚的话，必然大伤元气。

开明坐在露台的藤椅子上，看着蓝天白云沉思，一想就一个多小时。

世上不分手又相处融洽的伴侣是极少的，他与子贵能成为其中一对吗，一年前他倒是有百分百信心。

子贵把手放在他肩膀上，"在想什么？"

他不由得问："你不后悔嫁我？"

子贵笑，"后悔也还来得及。"

开明颔首，"是，并不是什么悲剧。"

子贵凝视他，"可是需要多些时间想清楚？"

"那倒不必，事情十分简单，何用详加思虑。"

"我觉得最近你好像有点迟疑。"

"我有点累，与周家信出来合伙的事又在进行中。"

"不如先辞职争取休息。"

"这倒也是办法。"

子贵坐在他身边，"从前，谈恋爱的时候好像不必忙其他的事，现在，你得把正经工作压缩，才抽得出时间卿卿我我，怪不得最终还是结婚了，实在应付不来，太过辛苦。"

后边有个声音说："像一对白鸽一样，头与头，鼻尖与鼻尖碰一起絮絮细语。"

开明转过身去，看到秀月靠在长窗边。

隆冬，不知怎的，她却一身米白，白毛衣白裙子配白色鞋子。

日本人把银行户口与其他东西还了她，她特地找了许开明与妹妹来点收做见证。

丝绒包袱一摊开来，各种颜色宝石镶的首饰一大堆，似玻璃珠。

子贵觉得奇突，"是真是假其实都看不出。"

开明答："那是有分别的，门外汉也看得清。"

"我就不大懂。"

开明笑，"这是我的福气。"

人那样高的衣箱打开，里边挂着各式皮裘晚服，公寓本来不大，忽然来了许多东西，显得拥挤。

子贵说："太多了，那么多身外物要来干什么。"

秀月闻言转过头来笑，"子贵你是腹有诗书气自华，我却非需要这些道具来添增声势不可。"

子贵感喟："日本人待你不薄。"

秀月不语。

过很久，子贵已在说别的题目，秀月却道："我俩小时候不是玩一种可穿衣服的洋娃娃吗？"

子贵说："我仍然珍藏着那只洋娃娃。"

"依你说，做洋娃娃也不坏？"

子贵答："那就看是谁的洋娃娃了。"

她到露台找开明。

可是秀月又跟着出来。

子贵说："把珍珠玉石收起来吧。"

"开明，我想托你把它们估价。"

子贵略见不耐烦，看着开明。

开明欠欠身，"我找个人与你联络，这一阵子我较忙，结了婚就好了，婚后我只需替子贵煮三餐做司机以及放水洗澡等，一定有空余时间。"

可是秀月忽然不高兴，并不欣赏开明的幽默感，她转身进房间去。

开明问子贵："我说错话了吗？"

子贵微愠答："只有日本人才有精力时间服侍她。"

开明诧异说："你怎么也生气了？"

子贵道："我不知道有多少事等着要做。"

她示意开明告辞。

要等到傍晚，子贵脸色才渐渐缓和。

这是许开明第一次看邵子贵的面色，日子久了就是这样，大家都渐渐不耐烦，好的一面收起来珍藏，坏的一面伺机而出。

结婚二十年之际，大家索性举报齐眉，遮住古怪脸色，闲日只用嗯嘿唔这种字眼。

开明惆怅，知道蜜月期已过。

寂寞鸽子 09,

伍·

人就是这样，失去哪一样就永远怀念哪一样。

十二月中，许开明已脱离黄河企业，周家信特地把邵子贵约出来，开门见山，开心见诚请子贵同意把婚期压后至初夏。

　　他说："子贵，你最明白事理，我不是与你争许开明这种憨人，而且公司新张时期实在不能没有他，他却坚持要如期结婚，把我急得晚晚失眠。"

　　子贵大方微笑，"为着将来，我又特别想做老板娘，好威风，我同意压后婚期。"

　　周家信抹着汗，"皇恩浩荡，皇恩浩荡。"

　　开明霍地站起来，"我不答应。"

　　周家信大大诧异，"你何故急急定要结婚？你又没有身孕！"

　　开明说："我们就在本市注册好了。"

　　子贵看着开明，"我不急，我自问经得起考验。"

开明忽然心虚，一味坚持，"我一定要在一月结婚。"

"我已经尽了力。"子贵耸耸肩。

周家信说："我出去一会儿，你们慢慢谈。"

开明说："你别理周某人，婚姻不会妨碍事业。"

子贵感喟，"可是启业之际事事都忙，我不想在新婚时期见不到你，终身留一个坏印象。"

开明苦笑，真没想到公司的酒会会比婚宴更先举行。

"先注册签名不好吗？"

"太匆忙，感觉似敷衍也不妥。"子贵不愿多说，"就压后吧。"她站起来结束会议。

周家信这时进来，"放心，子贵，许开明是煮熟了的鸽子，飞不了。"

子贵抬起头，"鸽子，不是鸭子吗？"

周家信竖起大拇指，"子贵你深明大理。"

聪明伶俐的子贵会不会已经看出端倪？

开明并无言语。

启业第一宗生意要到新加坡签合同。

子贵闲闲说："秀月正在新加坡。"

开明一怔，"是旅游吗？"

"不，访友，她去赴约。"

开明啊一声。

"母亲五十大寿，你大可问她愿否回来祝寿，这是她地址电话。"

开明说："你自己通知她好了，我只去半日，时间紧凑，不能分心。"

又怕过分避忌，是心中有鬼的缘故，想一想，再加一句："第一宗生意，只能成功，不许失败。"

到了新加坡，自有接他的人，抵达办公室，大笔一挥，许开明才松了一口气。

业主陪他聊了一会儿，忽然想起一件事，"许，你在这里有亲戚？前几天我碰到星沙置地吴家少爷，他说他未婚妻好像是你表妹。"

开明十分意外，啊，怪不得业主如此高兴。

业主呵呵笑，"有吴家作保，我更加放心。"

可是，周许建筑公司无须拉这种关系。

"今晚由我们请吃饭。"

"是吗？"开明根本不知道他的表妹是谁，"那我可要到酒店去休息一下。"

业主笑："待会儿派司机接你。"

走在街外，才觉得天气炎热，开明又从来没有穿短袖的习惯，故出了一身汗。

到酒店，与拍档周家信及子贵通过电话。

"大功告成，今晚十点半飞机返来，明早见。"

真文明，与两个人说同样的话。

最近忙得一点柔情蜜意都没有了。

他换一件衬衫才出门去。

业主请了两桌客人，开明看见黑压压人头，已经怕了三分，日常生活也要拿出勇气来，他先喝半杯冰冻啤酒，然后挂上笑容，上前招呼。

主人家过来介绍说："这是吴日良，你们是远亲。"

那位吴先生笑，"不算远了，我们二人的未婚妻是亲姐妹。"

开明闻言一震，看着吴先生。

"秀月让我问候你。"

开明脱声问："她人呢？"

"今晚没来，在家里。"

开明只得说："你几时来见见我们。"

"一有空就来。"

　　吴先生三十余岁，皮肤黑实，相貌端正，最突出的可能是他的家势，开明真没想到秀月短短时间内跑来新加坡，且订了婚。

　　开明终于按捺不住，"下个月岳母五十大寿，我想问她可有空回家。"

　　吴日良立刻说："那是一定要来的。"

　　"还是当面问她好。"

　　"饭后请到舍下小坐。"

　　饭局很早散，握手道别后，由吴日良开车载开明到他寓所。

　　那幢顶楼公寓在乌节路一座大厦上，设备豪华，自露台看出去，整个市中心在望。

　　可是秀月不在家。

　　吴日良说："我们等一等她吧。"

　　开明十分失望，可是心底有一把小小声音说：你够运，你安全了。

　　他笑道："我不等了，还需赶到飞机场去呢。"

　　"那我们再联络，下月想必可以见面。"

　　吴日良很客气，丝毫无一般人心目中世家子该有的骄矜习气，坚持送许开明到飞机场。

吴君听一通电话才出门，开明独自在沙发坐下，看到椅垫上搭着一双黑纱手套。

一看就知道是秀月之物。

开明把手轻轻放在手套上。

他像是看到秀月抬起头来，朝他微笑。

这时吴君出来，也看到了手套，"啊原来在这里，我妹妹一直找它们。"

开明知道误会了，涨红面孔，低头不语。

原来那是另外一位小姐的手套。

他终于上了他应该上的飞机。

而且，在飞机上结结实实睡了一觉，四小时后醒来，飞机已经着陆，意外地，子贵竟来接他。

开明异常感动，紧紧拥抱子贵，把下巴搁她头顶上，"你应该在家睡觉。"

"我替你带大衣来。"

"我了无睡意，到我处聊通宵如何？好久不曾谈心了。"

子贵笑，"此刻尚可承陪，再过几年，怕不行了。"

回到家，开明一边淋浴一边说："原来，秀月订婚了。"

子贵显然不知此事，大吃一惊，不像假装，"你见到她？"

"没有，可是我见过她未婚夫。"

"真儿戏！"

"别紧张。"

"是个什么样的人？"

"人品上佳，家世一流。"

子贵脱口问："跟你比如何？"

开明笑出来，"你这话笑破人肚子，我拿什么同人比？人家是星洲置地的小开。"

子贵看着开明，"在我心中，你是最好的了。"

开明斟出啤酒，"他们下月会来祝寿。"

"她去新加坡才短短一个来月。"

"人与地，人与人，都讲缘分。"

"秀月？"子贵叹口气，"她碰到什么是什么。"

"我们还不都是一样。"

"我明天同她通电话。"

"叫她自己保重。"

天一亮开明就回公司，周家信却比他更早，两个人立刻关上房门密斟。

到中午开门出来，开明忽而觉得疲倦。

幸亏秘书善解人意，奉上黑咖啡一大杯。

开明一直做到傍晚。

到岳母家晚饭，松了领带，在偏厅沙发上就睡着。

耳朵倒是清醒的。

听到岳母说："男人在外创业真累。"

子贵说："过了这关就好。"

"为什么不结婚呢？"

"我对他有信心。"

"拖久了什么都会变质。"

"我实在不忍心百上加斤。"

"太体贴是不行的，你与秀月对调一下就好，她一生不替任何人着想，还不是要风得风，要雨得雨。"

子贵笑，"可是，她不爱他们。"

岳母叹口气，"太喜欢一个人也十分辛苦。"

子贵只是赔笑。

声音随即越去越远，想是进卧室去说话。

开明梦见弟弟，仍然只得几岁大，抱在手上，十分可爱。

然后就惊醒了。

天边才鱼肚白，为着他，岳母、子贵、阿笑，全部早起。

"开明，这是母亲寿宴客人名单。"

开明一看，才十个八个名字，邵富荣不在其中。

"岳父怎么不来？"

"他一向不出席。"

"为什么？"

子贵悄悄说："大太太不高兴。"

"咄，都几十年了，我去和他说。"

"开明——"

他按着子贵的手，"我有分数。"

"他与秀月也不对。"

"秀月未必来，她行事飘忽，做不得准。"

子贵苦笑，"你对我家每个人都有相当了解。"

开明亲自到邵氏公司去送帖子。

邵富荣说："我只能稍坐一下。"

开明微笑，"吃了鱼翅才走。"

邵富荣看着他，"开明，你为何不是我子。"

"我确是你半子。"

邵富荣十分满意，"是，我应心足。"

开明十分高兴。

"生意如何？"

"过得去。"

"听说要到春天才举行婚礼？"

"是。"

"别再压后了。"

"我们明白。"

离去之际适逢一妆扮浓艳的妙龄女子走进来，许开明目不斜视，可是对方见到他，却有眼前一亮之感。

保镖阿壮轻轻说："那是大小姐。"

开明点点头。

那一日，开明与子贵绝早就到，陪客人打牌，两个人都不精此道，每次输都松口气，最要紧客人眉开眼笑。

稍后周家信来了，添了生力军，场面更热闹。

再过一刻，航空速递公司送来许氏夫妇贺礼，开明代父母拆开，原来是一条翡翠珠链。

开明说："是我挑选的，十月份苏富比在温哥华拍卖，被我投得。"

邵太太感动地即席佩戴，"为何不留给亲家母？"

开明笑道："她哪肯承认五十大寿，永远四十八岁，谁敢送礼。"

邵太太笑得眼泪都落下来。

邵太太最高兴还是看到邵富荣出现，更意外的是他带着大女儿前来。

许开明福至心灵，大叫周家信，"老周，我给你介绍一个人。"

邵富荣说："这是我大女儿令仪。"

子贵连忙过来握手，"令仪姐请过来这边。"

邵令仪也相当大方，"我代表母亲前来祝贺。"

开明暗暗松口气。

那周家信不负所托，立刻上来侍候邵令仪，把她敷衍得密不通风："你也是剑桥生，哎呀真巧，我在剑桥修读过一个课程……"

开明与子贵可以腾空招呼邵富荣。

他把礼物轻轻递给子贵，"我还有应酬。"

子贵十分了解，"是日本人吗？"

"不，是内地来的贵客，非亮相不可，令仪会留下吃鱼翅。"

邵太太已经觉得满意，着开明送他出去。

邵富荣忽然笑说："能够有开明这女婿，几生修到。"

子贵诧异，"次数说多了，我也即将相信许开明是不可多得的人才。"

开明也笑，"中国人对女婿最客气，其实还不是疼惜女儿，所谓女婿是娇客，重话说不得。"

邵富荣也笑，稍后离去。

子贵着母亲把礼物拆开，邵太太一看，是只钻戒，大如眼核，子贵说："是金丝钻，十分名贵。"顺手套在手指上。

开明说："你母亲与姐姐钻饰都一堆一堆，你好像没有。"

子贵看着开明，悄悄说："你觉得她们快乐吗？"

开明不想说谎。

"所以，这种东西略备一两件充充场面即可，不必认真搜集。"

那边有人叫她，子贵过去。

就在此际，开明忽然眼前一亮，他看到贝秀月走进来，身后跟着吴日良。

秀月穿着一件银丝织花的晚服，外边搭着皮裘，脸上化妆十分精致，堪称艳光四射，众客人忽然静了一静，视线都转向这个漂亮的女子。

开明定一定神，"日良兄，多谢赏光。"

吴日良笑道："什么话，也是我的岳母。"

"你还没有见过妈妈吧，过来这边。"

这时，在座的两位太太不禁感喟："还是生女儿好，你看，生儿子不一定成才，可是，生女儿爱挑哪个能干英俊的男生做女婿都可以。"

另一位笑，"也要女儿生得美才行。"

邵太太连忙过来见大女婿。

子贵笑，"你终于来了。"

开明说："开席吧。"

他陪吴日良及秀月坐另一桌，子贵陪她的令仪姐，周家信当然也坐那里。

开明说："多住几天。"

吴日良无奈，"公司有事，今晚就走。"

开明苦笑，"我们都是受鞭策的一群。"

"秀月会多留几天。"

"住哪里？"

秀月诧异，"我有自己的家，忘了吗？"

开明说:"可是那地方狭窄。"

秀月微笑,"那地方不大不小,好极了,最适合我。"

开明想到那里一砖一瓦均由他亲手布置,不禁有一丝温馨。

那天晚上,邵令仪坐到席终才走,由周家信负责送回家去,看得出二人均有相见恨晚的感觉。

子贵与开明留下来结账,发觉吴日良已经付过。

开明一怔,"他可真周到。"

子贵突然笑,"这整幢酒店是吴家的投资,大水冲到龙王庙了。"

开明想一想,"我可没有钱。"

"你够不够用?"

"够,且有些许剩余。"

"那就是有钱。"

"谢谢你了贵。"

"母亲今晚很高兴。"

"我从来没有如此累过,公关不好做。"

"开明,我真感激你为我母女做担保。"

"什么话!"

"开明，我是一个姨太太的油瓶女，没有什么地位，可是因为你坦诚站在我处的缘故，继父先受到感动，接着，又带来新加坡吴家撑腰，以致今晚场面美观。"

开明温和地说："周家信把邵令仪留到席终才是功臣。"

子贵掩嘴笑，"他的奖品就是邵令仪。"

"年龄对吗，"开明怀疑，"令仪姐仿佛有三十岁了。"

子贵说："三十岁最成熟，刚刚好。"

"你们几姐妹妆奁一定惊人。"

"我不能同她比，她是真正邵家女。"

"秀月如何认识吴日良？"

子贵摇摇头，"谁知道，自幼男生会自发自觉围到她身边供她挑选，真是异数。有人把她的照片藏着四处找人介绍，比起我们寻寻觅觅，大不相同。"

许开明做大惑不解状，"是吗，你踏破许多双铁鞋才看见我吗？"

子贵拥抱他，把脸贴在他胸膛上，"我爱你许开明。"

"我们明天去注册结婚吧。"

"好，明天下午三时。"

"不见不散。"

第二天中午，子贵找到开明，"你来一下，秀月沉睡不醒，我有点担心。"

"是服药过度吗？"

"又不像。"

"只是累而已，尽管让她睡，要不，叫吴日良飞过来照顾她。"

终于不忍心，放下工夫赶过去。

卧室光线幽暗，秀月的脸埋在被褥中。

"真会享福，"开明说，"我也不想每日准六时起床辛劳工作。"

他伸手推她，"秀月，起来，醒醒，别叫子贵担心。"

秀月只蠕动一下。

"叫医生来看看。"

"不用，体温呼吸脉搏都正常，她只是疲倦，你给我尽情睡的机会，我也可以一眠不起。"

房间内有一股幽香，开明终于忍不住，"是什么香水？"

子贵答："我不知道。"

房内家具仍是开明帮她挑选的那几件，床几上放着她昨晚佩戴过的钻饰。

"醒醒，秀月，醒醒。"

秀月终于被吵醒了，不胜其烦地说："子贵你真讨厌，你一人去上学好了，有你考第一还不够？"翻个身，仍然睡。

子贵哈一声笑，"你倒想，你以为你只有十七岁还在上学阶段？"

开明连忙拉子贵走出卧室，"我们说好去注册结婚。"

"有无通知证婚人？"

"糟，岳父不知有无时间。"

"看你。"

"不如找周家信吧。"

子贵凝视他，"你与秀月都急于结婚，像是要逃避什么。"

开明坐下来，"最快结婚的会是周家信。"

"会吗？"

"那么好的岳家打着灯笼没处找。"

开明为着掩饰内心忐忑，立刻拨电话给老周。

"老周，可有收获？"

周家信眉飞色舞，"开明，我必定重重谢媒。"

"从此星期六你来当更吧。"

"我与令仪有说不完的话题，我就是喜欢比较成熟的女子。"

"天赐良缘。"

子贵在一旁拍手，她兴奋地说："继父最挂虑大女儿婚事。"

老周的欢笑声感染了他们，争着在电话里祝贺他。

然后，他俩听见身后有人娇慵地说："什么事那么开心？"

开明一抬头，发觉秀月终于起来了。

白皙的脸十分清丽，卸了妆的她与子贵更加相似。

两个人站一起分不出彼此。

秀月穿着皮裘当浴袍，"暖气不足。"

子贵笑，"是新加坡太热情。"

秀月笑笑坐下来，捧着开明的茶杯就喝，"错，吴日良会做生意会做人，但不懂谈恋爱。"

"那何故与他在一起？"

秀月又笑，"嫁祸于他呀。"

子贵诧异问："你自视为祸水？"

秀月不语。

子贵颔首："红颜是祸水。"

秀月垂头答："我脸色都已经灰败了。"

子贵过去蹲下，细细打量只比她大十分钟的姐姐，"没有，仍然粉红色。"

许开明一声不响在旁观察。

他想到弟弟，如果弟弟生存，只比他小两岁，兄弟当可有商有量，人就是这样，失去哪一样就永远怀念哪一样。

秀月当下笑眯眯地说："我与吴日良要结婚了。"

开明一震。

子贵由衷地高兴，"姐姐应当先结婚。"

"我们也许到英国举行婚礼。"

子贵一怔，"为什么跑那么远？"

秀月答："他父母不喜欢我。"

"为什么？"子贵愕然，她想都没想过会有人不喜欢秀月。

秀月低声道："因为我结过婚。"

子贵不相信双耳，"这年头谁没有结过婚？"

秀月笑了，与妹妹拥抱，"子贵你总是帮我。"

开明到这个时候才开口："那你该详尽考虑，何必委屈呢。"

秀月的理由很奇怪："我一定要结婚。"

"没有道理如此仓促。"

"不不，"秀月又微笑，"我喜欢伦敦，那处长年累月不见阳光，脸上不会起雀斑，小报上新闻多多，不乏娱乐，人人脸色阴沉，满怀心事，正好陪我，我不介意。"

开明看子贵一眼。

没想到子贵用的却是陈腔滥调，她说："只要你高兴就好。"

开明一愣，他不相信子贵会不关心她。

他们双双告辞。

一上车开明就说："我不赞成贝秀月嫁吴日良。"

子贵不语，亦不指正他话中荒谬之处，半晌，开明忽然笑了，自嘲曰："谁管我的意见。"

他把子贵送回家，然后回公司赶一点工夫。

开头一小时还能集中精神，接着，开明坐立不安，终于，他取起电话听筒，放下，然后再拿起再放下，三五个回合之后，他终于找到他要找的人。

她的声音与子贵简直一模一样。

开明低着头，"我知道你还在家，要不要出来喝杯咖啡？"

秀月讶异，"开明，你有话要单独与我说？"

开明承认，"是。"

秀月讲了一个咖啡座的地址，"三十分钟后见。"

开明立刻抓起外套出去。

走到街上，却又茫然，这股勇气从何而来？冷风一吹，他怯了一半。

终于取了车驶上山，看到秀月已经在那里等。

她仍然没有化妆，只是嘴上抹了鲜桃红色的胭脂，更显得皮肤似羊脂般白凝，双目乌亮，看到开明，笑起来。

开明忍不住调侃她："终于睡醒了。"

秀月把双臂抱在胸前，她穿着件淡蓝色小小兔毛绒线衫，十分别致，她眯着眼睛，"今天好太阳。"

开明叹口气，"不同你谈天气。"

秀月笑，"第一次约会总得谈谈天象。"

是，开明一怔，这的确是他第一次与她单独见面。

开明咳嗽一声，"请你再三考虑嫁入吴家的事。"

秀月缓缓说："我从未打算嫁入吴家，或是张家，或是李家，我只是与吴日良结婚。"

"他家长辈有极大势力。"

秀月低头，"你说得十分准确。"

"你俩需要克服整座顽固的山，你们不会幸福。"

秀月缓缓说："那倒不见得。"

"何必去挑战他整个家族，你又不爱他。"

秀月沉默，半晌抬起头，"我不爱他这件事是否很明显？"

开明没好气，"只要有眼睛就看得出来，当然，除出吴君本人。"

秀月颓然，"糟糕。"

开明劝说："打消原意，何必急着结婚。"

秀月说："我有非结婚不可的理由。"

"那又是什么？"开明探头过去，"请告诉我。"

秀月要过一阵子方回答："才说要结婚，继父、母亲、妹妹重新接受我，对我另眼相看，我再一次享受到家庭温暖，实在不愿放弃，对他们来说，我再婚表示改邪归正，大家安心。"

开明啼笑皆非，"于是你想，何乐而不为。"

秀月答："我想找个归宿。"

"吴家是个四代同堂的大家庭，你不需要那样郑重的归宿。"

秀月点头，"你很清楚他们家的事。"

"在某一范围内，吴日良可以运用有限的自由与金钱，相信我，他是一只提线木偶，他祖母控制他父母，他叔伯，以及以他为首的二十二个孙子孙女。"

秀月不语。

"请你三思。"

秀月把脸埋在手心中，"只有你真心接受我本人，真诚对我好。"

"不要构成对吴家长辈的威胁，他们会反击。"

"可是吴日良会站在我这边吧。"

许开明郑重警告："不要试练这个人，以免失望。"

秀月微弱地抗议："他爱我。"

开明立刻给她接上去，"他肯定爱他自己更多。"

秀月忽然笑了，握着许开明的手，"多谢你做我感情的领航员。"

"你会接受我的愚见?"

秀月答："我会考虑。"

开明松口气，"我肚子饿极了。"

秀月忽然问："你呢，你又为何急急要结婚？"

开明想了想，"我最喜多管闲事，同子贵结了婚，可以名正言顺管她的家事。"

秀月微笑，看着落日，"你没想到子贵的家境那么复杂吧。"

可是许开明这样答："我还可以接受。"

寂寞鸽子 • 9

陆·

『就在我认为不可能更爱一个人的时候，
更爱的人出现了。』

那天他们离去之际，开明四处看秀月有否漏下手套或丝巾等物。

那次没有，但感觉上开明认为她什么都会不见，并且失落了也不在乎，不觉可惜，她拥有实在太多，几乎是种负累，一旦不见什么，像是减轻包袱，又怎么会难过。

还没到圣诞，周家信与邵令仪就宣布婚讯。

急得什么都来不及办，索性到外地去注册，只请了几位亲人，大部分朋友要看到报上的启事才知有这件事。

许开明有点沮丧，同子贵说："这个假期本来是我们结婚的日子，半途杀出一个程咬金，被他霸占了去。"

子贵感喟："现在一定又流行结婚了。"

"一定是，人人都把结婚二字挂嘴边。"

"不，还身体力行呢。"

开明骄傲地说："由我们先带领潮流。"

"可是我们还没有举行婚礼。"

"因为你不想学大姐那样简单成事。"

子贵有她的苦衷："我母亲的两次婚礼不是匆匆忙忙就是偷偷摸摸，秀月在名古屋结婚，我们连照片都没有，都非常遗憾，我的婚礼一定要郑重其事。"

开明叹口气说："看样子是非成全你不可了。"

"谢谢你。"

"那可恶的周家信，以迅雷不及掩耳的方法——"

他们一行人都赶到温哥华去观礼。

子贵身负重任，代表母亲与姐姐，在婚礼上，她见到正式邵太太，因不好称呼，故此只带着微笑远远地站着。

邵太太目光落在子贵身上，点头打招呼，子贵已觉得有面子。

开明把这一切都在看在眼内，为之恻然，假使这女孩希祈得到一个盛大的婚礼，就让她得到一个郑重的婚礼好了。

周家信与邵令仪简单地注册结婚，连指环都是现买的。

大小姐没有大小姐的架子。许开明很替拍档高兴。

娶妻娶德，不论出身，看样子邵令仪会是贤内助。

邵富荣照例又只得半天时间，身边还跟着向他汇报地产收益的伙计。

开明说："岳父应当多休假，争取人生乐趣，莫净挂着赚钱。"

子贵笑答："可是赚钱就是他的人生乐趣。"

开明大力握周家信的手，摇来摇去，大家看着都笑。

回程飞机里开明睡得很熟，一句话也没有，他甚至没有醒来吃东西。

子贵坐在他身边看小说。

看完了手头上的与邻座换。

邻座太太问："这本书情节怎么样？"

子贵据实相告："是一本中国人写给外国人看的中国故事。"

"现在市场都是这种故事，还写中国人吃人肉呢。"

子贵笑，"老外喜欢呀，老外最看不得黄人同他们平起平坐，最好华人统统茹毛饮血。"

那位太太大力颔首，"可是又巴不得跑来同我们做生意。"

子贵笑，"他们有他们的烦恼。"

"我这些画报好看。"

"谢谢。"

"那睡着的是你先生吗？"

"呃——"

"他们婚后就剩两件事：上班与睡觉。"

子贵想，这位太太的确有丰富生活经验。

飞机抵埠开明才醒来，"啊，到了。"很遗憾的样子，一直握住子贵的手。

子贵无限怜惜，觉得他可爱，真累得迷糊了。

周家信第二天就回来复工，开明诧异："大小姐居然放人？"

周家信笑道："两情若是长久时，又岂在朝朝暮暮。"

"哎唷，肉都酸麻。"开明不住搓揉双臂。

"我要树立好榜样，免得你结婚时告长假。"

下午，公司来了位稀客。

秘书说："一位吴先生没有预约，但希望你立刻可以见他。"

开明走到接待处一看，见是吴日良，不胜意外，"吴兄，欢迎欢迎。"

吴日良站起来满面笑容地寒暄:"开明,我是为私事而来,打扰你了。"

"哪里哪里。"

开门请他进内,斟出威士忌加冰。

吴日良像是不知如何开口才好,开明耐心等他整理思绪,只是陪他说新加坡风土人情。

终于他颓然说:"开明,你可了解秀月?"

开明很小心地答:"我们是朋友。"

"她不肯随我返星洲。"

"她的娘家在此。"

"嫁夫随夫嘛。"

开明问:"你们几时结婚?"

吴君语塞。

"还得向家长申请是不是?"

吴日良叹气,"人人均知我家老人专制。"

开明温和地说:"不如先取得批准,再向秀月游说。"

吴日良不语。

"你自知获准成分甚低可是?"

"也不是，家祖母年事已高。"

开明说："老人常会活到一百零几岁。"

吴日良摸摸后脑，再斟一杯酒。

"吴兄，不如搬来与我们做伴。"

吴日良苦笑，"我不行，我是吴家长孙，我走不开。"

许开明更正他："你不愿走开。"

吴日良垂头，"你说得对，我过去十五年都奉献给家庭事业，祖母异常信任我，这段日子以来叔伯堂兄弟侄子等人均妒羡我超卓地位，我的确不愿放弃这等成就。"

"你这样想，也是应该的。"

"开明，我知道你会体谅我，请问可有两全其美的方法？"

许开明摇头，"你必须牺牲一样，去成全另一样。"

吴日良捧着头，"生活中若少了贝秀月，再多权势金钱，也是无用。"

许开明别转头去，忽然笑了。

吴日良平日运筹帷幄，在商场上也是一号人物，此刻却像一个失恋的初中生。

"开明，请为我在秀月面前说项。"

"这对她不公平。"

"我会补偿她。"

开明笑，"我大姨的私蓄多得她一生用不尽，她不在乎。"

看，一个女子身边有点钱就有这个好处。

吴日良颓然，"那么，只有我来回那样走。"

开明说："你很快会累，这绝非长久之计。"

吴日良痛苦地号叫起来。

电话立刻响了，那边传来周家信的声音："谁在哭叫，你在拷打哪一位业主？"

"没你的事。"开明挂上电话。

他取过外套，与吴日良出去喝一杯。

吴日良抱怨多多，"这地方一到冬天又冷又湿，可怕一如西伯利亚。"

他心中气苦是真的，敬爱的家长与深爱的女友均没有给他两全其美的机会。

故一喝就醉。

许开明把他扶回家去。

才掏出锁匙，子贵已经前来应门，讶异说："原来你同他在一起。"

那吴日良见了子贵，误会了，"秀月，我并没有喝醉。"

子贵温柔地说："我不是秀月，我是她妹妹子贵。"

吴日良不相信，哭丧着脸诉苦："我从小长得黑黑实实，人也不见得特别聪明，我需特别努力工作，才能争取到长辈欢心，我——"他倒在沙发上。

开明叹口气，"人人有段伤心史。"

"他赶得及飞机吗？"

"明天相信一样有飞机往新加坡。"

"秀月向他下了哀的美敦书[1]？"

"我不清楚。

"看，又一名男生伤心欲绝。"

开明笑，"是，但明早起来又是一条好汉。"

吴日良转一个身，"秀月，秀月。"

开明看他一眼，"一到新加坡，他又是吴家承继人。"

"我觉得他已经够痛苦。"

开明冷笑，"无知妇孺！我事事以你为先，不用考虑，无须选择，你反而不知感激，倒是为这种人的矫情感动，他若爱贝秀月更多，他何用辗转反侧。"

---

[1] 哀的美敦书：英语 ultimatum 的译音。即最后通牒。

吴日良又呻吟一下。

"叫秀月来把他领回去。"

开明说:"我想秀月已经把话说清楚,就让他在此留宿一宵也罢,以后有事找新加坡置地方便些。"

子贵也坐下来笑了。

半晌她问开明:"你真事事以我为先?"

开明反问:"你说呢?"

"我十分感激。"

第二天许开明醒来,吴日良已经走了,留一张非常得体客气的字条,看样子他已恢复神采。

其实这件事人人做得到,看迟早矣,当然,迟到十年八载也真是异数,可是一夜之间立刻恢复常态则是异人。

那天中午,吴氏再次亲自来电致谢,成功人士最拿手是这套诚意。

"我们一定要时时联络。"

不论是真情还是假意,许开明一律照单全收。

子贵问:"走了?"

开明答:"相信早已事过境迁。"

他抽出下午去看秀月。

脱大衣之际他抱怨："又冷又湿，像不像西伯利亚？"

秀月穿墨绿色丝绒衬衫，手中握着水晶长管杯喝香槟，闻言开亮一盏灯，"温暖点没有。"

"给我一杯热茶。"

秀月无奈地说："我不是子贵，我不会泡茶，我只会开香槟。"

开明微笑，"子贵也不懂厨艺，都由我负责。"

秀月笑，"可是她像个贤妻。"

"她长得其实与你一模一样。"

"不，她讨好得多了，"秀月说，"自幼家长与老师都喜欢她，我是完全两回事。"

开明坐下来，见香槟瓶子就斜斜插在银冰桶里，他自斟自饮，"那是因为你不在乎她在乎。"

秀月说："我怕辛苦，要侍候面色才能得到恩宠，我实在无法消受。"

"可是，也许，子贵只是为了母亲。"

秀月颔首，"我明白，这是她懂事之处。"

"而做母亲的也是为着女儿。"

秀月微笑着摊摊手，"我只晓得为自身。"

酒冰冷清冽可口，滑如丝，轻如棉，不费吹灰之力，溜进喉咙，缓缓升上脑袋，开明精神忽然愉快起来，话也相应增加。

他开始明白为何秀月几乎一起床就开始喝。

"吴日良来过我处。"

"他和我说过了，他也很坦白告诉我，他暂时不能同我结婚。"

开明纳罕地看着秀月，"结婚是你的目标吗？"

秀月沮丧，"可是我一定要赶在子贵前面结婚。"

开明问："这是怎么一回事？"

秀月坐下来，"否则，你们拖延婚期，就会赖到我身上。"

开明不语，轻轻放下酒杯。

秀月别转面孔，"子贵已经看出来，她故意要给你多些时间。"

开明抬起头，"事到如今，我再也不必自欺欺人。"

秀月忽然笑了，"真是悲惨，我们竟在这种情况下相遇。"

开明心中却有一丝高兴，"像我这种循规蹈矩的男人，最易爱上美丽浪漫不经意的女子。"

秀月过来坐在他身边，泪盈于睫，"多谢你的鼓舞。"

开明拥抱她，深深叹口气，"秀月，如果我俩今夜私奔，你猜猜，一百年后，他们可会饶恕我们？"

秀月笑得落下泪来，"我想不会。"

"可是我并不需要任何人原谅。"

"我不能伤害子贵。"

"她已经被伤害了。"

"不不，那是你，不是我，我不会伤子贵一根毫毛。"

开明愁眉百结中居然笑出来，可见情绪有点歇斯底里，"你口气中真纯固执十分像子贵。"

秀月说："你俩快点结婚吧。"

"没有这种压力，结婚也已经够辛苦，我恐怕不能担此重任。"

秀月看着他，"不会的，你是个好男人，你会负责任。"

"子贵不是任何人的责任，子贵聪明高贵，她心身独立，无须任何人对她负责。"

秀月摇摇头，"那固然是真实情况，可是，责任在你心中，永不磨灭，因为正如你说，许开明是一个好男人。"

开明伸出手去，轻轻触摸她的脸颊，"你说得对。"

他心内凄苦，借着酒意，落下泪来。

他说："就在我认为不可能更爱一个人的时候，更爱的人出现了。"听上去十分滑稽。

开明看看时间，"我得回公司了，我开始厌倦循规蹈矩的生活。"

他坐在车子里痛哭。

那晚，他把好友张家玫约出来，打算朝她诉苦。

张家玫一见许开明，惊讶无比，"你好不憔悴，怎么一回事？"

开明以手掩脸。

张家玫笑，"我知道，这叫情关死结。"

"你怎么知道？"。

张家玫说："不然还有什么难得到你。"

开明似遇到知己，垂头失神。

张家玫还说："你准是遇到更好的了。"

"不，不是更好。"

张家玫了解地接上去："只是更爱。"她咕咕笑。

开明抬头问："你家有什么酒？"

张家玫凝视他，叹口气，"是我先看到你的。"

"家玫，如果我与你私奔，子贵必不致恨我。"

张家玫答："今夜月黑风高，是就莫失良机。"

开明说："人到底需要朋友，与你说了这会子话，心里好过得多。"

张家玫探头过去，"你瘦了一个码不止。"

开明慨叹，"我已年老色衰。"

张家玫点头，"原来你一向知道自己英俊小生。"

开明微笑，"多亏你们不住提点。"

家玫也笑，"还笑得出，可见没事。"

"你不想知道她是谁？"

家玫摇头，"对我来说并不重要，反正我从来没有得到过你。"

开明叹口气："多谢你不停恭维。"

家玫说："相信我，旁观者清，子贵最适合你。"

"十个人十个都会那么说。"

"我来做傧相，速速把婚礼搞起来。"

家玫听到噗的一声，原来是酒瓶落到地上，许开明已经醉倒在张家书房。

家玫替他脱下鞋子，盖上薄毯。

她拨电话给子贵，"开明在我这里，他醉倒睡熟，托我问准你借宿一宵。"

"麻烦你了。"

"哪里的话，老朋友，兄妹一样。"

"请给他准备一大杯蜜糖水，半夜醒了解渴。"

"是。"

开明半夜果然醒来，取起蜜糖水咕噜咕噜喝干，一时不知身在何处，像恢复到只有四五岁模样，听见声音，脱口问："弟弟，弟弟是你吗？"他哭了。

第二天起来头痛欲裂，照样得上班，子贵找到他，笑问："家玫有无给你做早餐？"

开明答："家玫若会打鸡蛋，就轮不到你了。"

子贵也说："真的，现今都找不到会下厨的女子。"

"这是人间劫数。"

"所以你不算屈就。"

子贵的心情像是十分好。

开明揉了揉双目，"我撑到十二时就回家睡觉。"

"你如此疲懒我一生也没有机会坐劳斯莱斯。"

"完全正确。"

回到家，看到门缝有封信。

他拾起拆开，是秀月写给他的："开明，吴日良已说服家人，我俩将往伦敦结婚，祝你快乐。"

开明缓缓走到沙发前坐下，四肢似电影中慢镜头般一寸一寸移动，不听使唤。

他倒在沙发上，用手遮住额头。

过很久，只觉面颊阴凉，知道是眼泪。

失去弟弟的时候，也那样哭过，痴心地每间房间去找，半夜看到灯光，一定要去看个究竟，肯定是弟弟已经回来。

父母被逼搬了家。

后来就不找了，渐渐也知道弟弟永远不会回来。

开明伤心如昔，趁今日痛哭失声。

电话铃响了又响，开明不得不去接听。

是子贵讶异的声音，"开明，秀月到伦敦去了。"

"是吗，那多好。"

"你在说什么？走得那么仓促，忙中一定有错。"

开明不语。

"我们难道让她去？"

开明答："对亲人的爱应无附带条件，她若上进，是她自愿争气，她若迟疑跌倒，我们一样爱她，不更多也不更少。"

说完开明挂上电话，埋头睡觉。

过三日他们就结婚了。

不不不，不是许开明与邵子贵，是吴日良与贝秀月。

邵太太很高兴，"日良终于突破万难。"

子贵惋惜道："秀月是有点牺牲的，婚后她不得工作，不得在晚间独自外出……诸多限制。"

邵太太说："那只有对她好。"

子贵忽然说："妈，同你年轻时的生活差不多。"

邵太太呆一呆才答："比我好多了，她有正式结婚的资格。"

许开明一句话都没有。

子贵遗憾，"她总是不让人出席她的婚礼。"

邵太太不忿，"秀月大概一辈子不会替他人设想。"

开明苍白地想：不，你们错了。

子贵看着开明，"你怎么一点意见也没有？"

开明咳嗽一声，"她一向如一阵风，"声音忽然轻了下来，"外国人见蔷薇四处攀藤生长，便叫它为浪迹玫瑰，她就似那种花。"

邵太太吁出口气，"希望她这次会得安顿下来。"

子贵说："你放心，妈，吴日良人品比其家势有过之而无不及。"

邵太太抬起头，"那日本人也待她不错呀，我是担心她不肯好好待他们。"

子贵笑，"太令人羡慕，我也希望我有对男人不好的机会。"

邵太太看着她，"子贵，现在只剩你们了。"

子贵也承认，"是，开明，我们也要准备起来。"

许开明听见自己说："一切不已经安排妥当了吗。"

子贵转过头来，看着他，开明拿出看家本领，挤出一个最自然的假笑，子贵那明察秋毫的视线在他脸上打一个转，回到母亲身上去。

开明记得十二岁生日那天，母亲忽然轻轻问他："还记得弟弟吗？"

那时他已经非常懂事，知道什么该说，什么不该说，还有，什么话是什么人的伤心事。

他忍着悲痛，装一个最自然的假笑，他说："弟弟，哪个伯母的弟弟？"

母亲见他如此说，便略过话题，小孩子记性没有那么长远也是对的。

以后，每逢母亲说起弟弟，开明总是装得有点糊涂，光是劝说："妈妈，我爱你也是一样。"

他俩的婚礼规模只算普通，子贵说："大姐也没有铺张。"十分体贴。

许氏夫妇特地回来参加婚礼，住在开明那里。

许太太观察入微，问开明："你好似不大兴奋。"

"啊，"开明抬起头来，"订婚已经长久，这次不过是补行仪式而已。"

许太太不语。

"妈，你在想什么？"

许太太微笑，"至今尚有很多人认为不擅在社会展露才华者大抵还可以做个主妇，却不知主持家务也需要管理天才。"

开明笑问："你是在称赞子贵吗？"

"正是，你要好好珍惜。"

当晚吴日良夫妇也来了，迟到早退，并无久留，可是每个人都看到了闪烁美丽的她，秀月破例穿得十分素雅，灰紫色套装，半跟鞋，头发略长了点，脖子上戴一颗鸽蛋那么大的星纹蓝宝石。

她与妹妹握手，笑容很真挚，"恭喜你们。"戴着手套的手与许开明轻轻一握。

吴日良倒是特地抽空与开明谈了一会儿。

"明早就得陪秀月到日本办点事。"

"生活还好吗？"

"秀月老是觉得疲倦，已经在看医生。"

"别是喝得太多了。"

吴日良无奈，"医生也那么说。"

"有些人就是像只猫。"

吴日良轻轻说："我老是摸不准她到底需要些什么。"

许开明安慰他，"反正你什么都给她，让她在宝库里找也就是了。"

吴日良笑出来，"你也是那样对子贵吗？"

开明看着不远处与婆婆在说话盛装的子贵，谦逊道："我有什么好给子贵的。"

吴日良拍拍他肩膀。

当日最高兴的是邵太太。

　　她特地叫摄影师过来，替她拍一张合家欢照片，两个女儿两个女婿就站在她左右。

　　亲眷太太们点头说："看到没有，还不是生女儿好，多威煌，爱嫁什么人嫁什么人，爱嫁几次就几次。"

　　"子贵好像从来没有结过婚。"

　　"我是说她姐姐。"

寂寞鸽子 09,

柒·

『真相是我一直要找的人是你，看到子贵，误会是她，可是认识你以后，才知那人应该是你。』

开明与子贵到峇里岛[1]去度假。

开明说："我好像好久没见过阳光。"

在白色细沙滩上，子贵告诉开明，什么人送了什么礼。

开明忽然问："秀月送我们什么？"

子贵见他主动提起秀月，反而高兴，因为开明没有特别避嫌，"她？她没有礼物。"

"什么！"开明大大不悦，"我们那样为她，这家伙岂有此理。"

子贵见他那么认真，不禁笑起来，"别计较。"

"不，问她要，她嫁得那么好，谁不知道吴家珍珠如土

---

[1] 峇里岛：即巴厘岛（Bali）。

金如铁，却这样吝啬。"

"吴日良已脱离家族出来做独立生意。"

"唉，你少替他担心，三五年后误会冰释照样是吴氏嫡孙，你可相信吴家老人会气得把财产全部捐给政府？"

"这倒不会。"

"叫她送一辆三百公尺的白色游艇来。"

当日半夜，旅舍的电话铃骤响。

是开明先惊醒，立刻取过听筒。

"开明，叫子贵来听电话。"

是周家信的声音。

"有什么事你对我说也一样。"

"也好，子贵的母亲在家昏迷，送院后证实脑溢血，已进入弥留状态，你与子贵立刻赶回来吧。"

开明深深呼吸一下，"岳父知道没有？"

"正是岳父叫我通知你们及秀月他们。"

"我们立刻回来。"

"你叫子贵节哀顺变。"

他立即开亮所有的灯，叫子贵起床更衣，接着拨电话找飞机票。

天已经蒙蒙亮，他提着行李，一手紧紧搂着子贵，赶到飞机场去。

子贵被他叫醒知道消息后一句话也没说过，十分冷静地跟着丈夫上路。

抵埠之后直接赶到医院，刚来得及见最后一面。

秀月比他们早到，对妹妹说："她一直没有再苏醒，也没有遗言。"

子贵蹲在母亲身边，头埋在母亲胸前。

秀月说："日良在邵富荣处。"

子贵终于哭了，秀月走到妹妹跟前去。

起立之际她掉了一样东西。

开明看到那是她的手套。

已经春天了还戴手套，他轻轻拾起，握在手中，加力捏了一下。

子贵叫他。

他匆忙间把手套放进外衣袋里。

"开明，请与继父说，我请求他，刊登一则讣闻。"

开明一愕，觉得为难。

子贵有时常执着拘泥于这等小事。

他约了吴日良一起到邵富荣办公室去。

邵氏对他一贯客气，"一切都已办妥，你莫挂心。"

开明开门见山："岳父，讣闻可否用你的名字登出？"

邵富荣一怔。

开明知道不能让他详细考虑，随即说："这么些年了——"

邵富荣扬起手，叫他噤声。

他背着他们站在大窗前看海景，过了约莫十分钟，许开明只当无望，邵富荣忽然转过头来，"好，我会叫人办。"

开明松一口气。

吴日良也深觉岳父是个有担待的男人，紧紧握住邵氏的手。

秀月看到报纸上启事，轻轻说："子贵可以安心了。"

开明正站在她身后，"你呢，你在乎吗？"

秀月哼一声，"许多事活着都不必计较。"

子贵噔一声站起来，"因为你不知道母亲的委屈。"

秀月看着妹妹，"还是你的委屈？多年来你跟着母亲低声伏小，我以为你心甘情愿，原来并非如此。"

吴日良立刻过来劝："秀月，日后会得反悔的话何用说太多。"

秀月看着他，悲哀地说："你懂得什么，这里不用你插嘴。"

开明知他无法维持中立，连忙把子贵拉进书房。

子贵已气得双手簌簌地颤抖。

开明斟一杯白兰地给她。

子贵一饮而尽，过片刻说："我们走吧。"

开明蹲下来轻轻说："这是我们的家，走到什么地方去？我去赶他们走。"

子贵说："我气得眼前发黑，都忘记身在何处。"

开明再到客厅，秀月已经离去，只剩吴日良一人。

他转过头来，"我代表秀月致歉。"

"没有的事，她们孪生子二人等于一人，时常吵吵闹闹。"

吴日良摊摊手，"我根本不知发生什么事，秀月迁怒于我。"

开明说："你多多包涵。"

吴日良苦笑，"我一直站在门外，不知如何自处。"

"她心情不好，你别见怪。"

吴日良叹口气，"你见过她开心的时候吗？"

开明不敢回答。

吴日良站起来，"我需回新加坡去。"

开明问："秀月呢，她可是与你一起走？"

"她仍然在伦敦。"

开明叹息，"夫妻分居，自然不是好消息。"

吴日良与开明握手道别，"几时我俩合作。"

周家信最高兴，因新公司不乏生意，也只有他们这一家。

开明的抽屉里收着那只手套，时时取出来放在案头看，手套颜色鲜艳，紫色羊皮，手背上绣一朵红色的玫瑰，照说颜色配得十分俗气，可是因为面积小，反而觉得精致。

秘书看见诧异，"是许太太的手套吗？与她灰色套装不相配。"又说，"好久不见许太太。"

开明惆怅，"她与友人合办一间出入口公司，忙得不可开交，我都不大看得到她。"

"那多好，夫妻俩一起创业。"

开明不语，他并没有已婚的感觉，回到公寓，时常一个人，跟以往一样在书房看电视新闻休息喝上一杯，然后沐浴就寝，有时子贵会给他一个电话有时不，他差不多一定先睡，在不同的卧室里。

　　她吵醒过他几次，他趁机与她聊天，她累极还需敷衍他，觉得辛苦，便建议分房，开明如释重负，立刻通过建议。

　　现在他们写字条通消息，或是靠对方秘书留言。

　　这不是许多人的理想吗，婚前同婚后一点分别也无。

　　第一次在教堂里看到子贵以及她那串断线珍珠，似乎已是很久很久之前的事了。

　　许开明和周家信说："我想到伦敦走一次。"

　　"我们在伦敦并无生意。"

　　"快要有了。"

　　"也好，就派你去考察一星期。"

　　"皇恩浩荡。"

　　"卿家平身。"

　　开明想起来，"你与邵令仪的婚姻生活可愉快？"

　　"非常好，她真是一个可爱的女子，我几乎每天都会在她身上发掘到一个优点，我俩都将应酬减至最低，尽量争取相处时间。"

　　"令仪没有工作？"

　　"她从来没有工作过，也不会在现时找工作。"

"平日忙些什么？"

"做家庭主妇呀，侍候我已经够她忙。"

开明微笑，由衷地说："真高兴你们如此幸福。"

"岳父也那样说。"

开明说："幸亏那天你来到那个生日宴。"

"可不是，令仪说，幸亏她够周到，不介意到父亲女友的寿筵去。"

"幸亏。"

"令仪喜欢孩子，我们打算养一群。"

周家信絮絮地谈下去，展览幸福到这个式样，几乎有点小家子气。

开明想，这本来应该是他，不知怎的，像手表零件般细碎的齿轮牙错了格，没有把发条推动，故此他的生活落到现在这种式样。

而周家信却无意中得之，他家门口的柳树一定已经成荫了。

那天回到家里，意外地发觉子贵在厨房里忙着做菜。

开明好奇，"是什么？"

"烤羊腿。"

"怪臊气，这会子谁吃这个？"

"我有一个中学同学自远方来，坚持要我在家请客。"

开明一早知道这阵仗不是为他，故不失望。

"可需要我避出去？"

"吃过饭你躲进书房就很妥当。"

"子贵，"开明说，"其实我们应该各自拥有不同住所。"

子贵不语。

开明换过一件衬衫。

她在身后问："你几时去伦敦？"

"下个月。"

"可会去看秀月？"

"看抽不抽得出时间。"他取过外套，"我回公司去料理一点琐事。"

子贵抬起头，"请便。"

回到写字楼开亮灯，呆坐一会儿，忽然鼓起勇气拨电话到伦敦。

电话没响多久即有人来接听，正是贝秀月本人。

才喂一声，她也认出他的声音，"是开明？"

开明笑了，不知怎的鼻子有点发酸，"你没出去？"

"最近我极少上街。"

"不觉得沉闷？"

"也该静一静了。"

"我下月初到伦敦来。"

"我们得一起吃饭。"秀月似乎十分高兴。

"我们去吃印度菜。"

"我知道有一家叫孟买之星。"

开明泪盈于睫，"不不，苏豪有间大吉岭之春，咖喱大虾辣得人跳起来。"

"一言为定。"

开明轻轻放下电话，他伏在双臂之上，一声不响，就那样累极入睡。

是子贵把他唤醒："你果然还在公司里，我的同学已走，你可以回来了。"

家务助理正加班收拾残局，许开明一言不发，上床休息。

他没想到秀月会辛苦来接他。

一出通道就看见一张雪白的面孔迎上来。

他立刻与她拥抱，把下巴搁在她头顶上紧紧不放。

秀月的声音被他胸膛掩盖，含糊听到她说："真高兴见到你。"

开明轻轻松开她，"让我看清楚你。"

秀月破格穿着一套蓝布衣裙，伦敦的初夏尚有寒意，故肩上搭一件白色毛衣。

开明问："你怎么知道我今天乘这班飞机？"

"要打探总有办法。"

"我们现在到什么地方去？"

秀月轻轻说："一步一步走，一天一天过。"

开明想一想，"你讲得对。"

秀月将车子驶入市区，"先到我家来喝杯茶。"

"是谁的房子？"

"我的名字，由你自山本处替我争取回来。"

"有无同山本联络？"

"他与我通电话总是两句话：一，问我几时回去；二，问我钱够不够用，我的答案是不与不。"她笑了。

车子在海德公园附近停下。

秀月抬起头，"我可有和你说？"

开明答："没有。"

"吴日良与我正办手续离婚。"

开明十分难过，"当初缘何结婚？"

秀月笑得弯下腰去，"你呢，你又为何结婚？"

开明随她上楼，"我订婚已久，我非结婚不可。"

"我离婚已久，我也得再结婚。"

"吴日良会受到伤害。"

"别替他担心，新加坡置地这块盾牌金刚不坏，他怎么
会有事。"

"希望你的估计正确。"

公寓几个大窗都对牢海德公园，可以看到有人策骑。

"伦敦与巴黎一样，是个盆地，没有海景。"

"上海与东京亦如此。"

开明坐下来，"你们姐妹俩还在生气？"

"你说呢？"

"原先小小冲突本来已经事过境迁，现在你忽然到我这
里来，我想她不会原谅你。"

开明自袋中掏出那双手套，"我特来把它们还给你。"

秀月并不记得她曾经拥有这样的一双手套，可是嘴头
还是十分客气地说："啊，原来在你处，我找了好久，谢
谢你。"

喝过咖啡，秀月问他可要休息一下。

"不不，我不累，我还要出去办事，回来我们一起去吃印度菜。"

他借她的卧室换件干净衬衫，一抬头，发觉她站在门角看他更衣。

悠闲真是生活中所有情趣的催化剂，没有时间，什么也不用谈。

开明微笑，"我的身体不再是少年时那个身体。"

秀月也笑："看上去依然十分理想。"

"请在家等我。"

"一定。"

许开明在外头心思不属，每半小时就拨电话问："你还在那里吗？"

"是，我还在家里。"

第三次拨电话时他说："你可以出来了，我在蓬遮普茶室等你。"

"我们约的好似不是这一家。"

"有分别吗？"

"没有。"

　　二十分钟后她就到了，穿皮夹克皮裤子，手上提着头盔，分明是骑机车前来。

　　开明睁大双眼，"哈利戴维生 [1] ？"

　　秀月十分遗憾，"不，我块头不够大，只是辆小机车。"

　　开明松口气。

　　他看着秀月很久，终于说："我朝思暮想，终于发现事实真相。"

　　"真相如何？"

　　"真相是我一直要找的人是你，看到子贵，误会是她，可是认识你以后，才知那人应该是你。"开明声音越来越低。

　　秀月语气十分温和，"那是十分不负责的说法。"

　　"我何尝不知。"

　　"有无更好的交代方法？"

　　"有，"开明惭愧地说，"我不再爱子贵。"

　　秀月点头，"这样说比较正确，比较有勇气。"

　　开明用手托着头，"子贵也知道这是事实，她已经减少在家里的时间。"

---

　　[1]　哈利戴维生：即哈雷戴维森（HAVLEY-DAVIDSON）。

秀月苦笑，"对于这种事，我太有经验。"

开明叹口气，双手捧着头。

秀月说下去："先是避到书房或是露台，然后邀请朋友到家里来做伴，接着推说写字楼忙得不可开交，最后，离开那个家，好比脱离枷锁一样。"

秀月吁出一口气，庆幸有人理解他。

侍者已经第二次过来问他们要点什么菜。

开明一点胃口也无，随口说了几样。

"这次回去，我将向她坦白。"

秀月说："对她来说，这是至大伤害，你要考虑清楚。"

开明问："她会接受此事？"

秀月抬起头，"子贵是十分坚强的一个人，她惯于承受压力，她会处理得很好。"

开明不语。

秀月悲哀地说："我们本是她最亲爱的两个人，如今却坐在一起密谋计算她，开明，我们会遭到天谴。"

开明忽然问："如果不是因为子贵的缘故，我会认识你吗，也许，在一座博物馆，或是一个酒会……"

"不。"秀月惨笑，"我唯一出没之处是富有男人流连的地方，你没有资格。"

开明微笑，"不要再自贬身价，你我就快成为世上最大罪人。"

秀月也笑了，可是脸上一点笑意也无。

开明用手将她的头发拢向脑后。

秀月握住他的手，"你肯定没有认错人？"

"这次肯定没有。"

"那么，让我们回去吧。"

开明付了账，陪秀月走到门口，她的机器脚踏车就停在门口。

"有无额外头盔？"

秀月耻笑他，"到了这种田地，还拘泥于细节，真正要不得，来，用我的头盔好了。"

开明无地自容。

他坐在秀月身后兜风，秀月带着他四处飞驰，终于停在泰晤士河畔。

开明把脸靠在她背上，"河水是否污染？"

"同世上所有浊流一般。"

"据说也还有清泉。"

"你不会想去那种没有人烟的地方。"

秀月又把车子驶走。

回到寓所，秀月斟出香槟，递一杯给开明，才把水晶杯搁到唇边，电话铃就响了。

开明似有预感，"别去听。"

秀月沉默。

"只当还没有回来。"

秀月却说："要解决的事始终要解决。"

她取起听筒，才喂了一声，已经抬起头来，表示许开明完全猜中来电者是谁。

秀月轻轻把电话听筒放在茶几上，按下扩音器，那样，许开明亦可听到对方说些什么。

那是子贵的声音，平静中不失愉快："秀月，还好吗？"

秀月若无其事，"什么风把你声音吹来？"

"忽然挂念你。"

秀月笑，"这倒是巧。"

她们二人声线极其相似，骤听宛如一个人在那里自对自答，气氛十分诡异。

"秀月，"子贵说下去，"我俩是孪生子。"

秀月诧异，"缘何旧事重提？"

"我今日自医务所回来，第一个就想把消息告诉你。"

秀月蓦然抬起头来，"是好消息吧？"

"是，孪生子，预产期是年底。"

秀月双目与开明接触，眼中流露无限无奈，她随即问："开明知道没有？"

"还没有，我头一个想告诉你。"

"替我恭喜他。"

子贵说："事实上他此刻在伦敦，你迟早会见到他，他会来探访你。"

"是吗，迄今他尚未与我联络。"

"稍迟我会打到他旅舍去。"

"恭喜你，子贵，有什么事要我帮忙，请勿迟疑。"

子贵忽然笑了，"劳驾你高抬贵手。"

"你是什么意思？"

"你会做什么，别越帮越忙就好，秀月，祝福我。"

秀月低下头，"我由衷祝福你母子。"

电话挂断。

秀月把杯里的酒一饮而尽，再斟一杯，站起来，面对墙壁，很温柔地说："我想你最好回酒店去听电话，然后，马上赶回家去。"

开明不语。

子贵分明知道他在这里，故此电话尾随而至。

那样苦心斗争，根本不似子贵，可见一切都是为着他。

他再开口之际，声音已经沙哑，"你说得对。"

秀月仍然没有回过头来，哑然失笑，"时间统共不对，有缘无分，再说，你我尚有良知，不是一对狗男女。"

再回转头来的时候，她泪流满面，可是许开明已经走了。

开明回到酒店，更衣淋浴，收拾行李，订飞机票，一切办妥，子贵的电话来了，料事如神的她知道他办这些事需要多少时间。

开明装作十分惊喜的样子："我马上回来。"

挂上电话坐在静寂的酒店房里良久，自觉是天下最孤寂的一个人，然后他鼓起勇气，出门去。

过一两个月子贵腹部就隆起，不过不肯休息，照旧上班，十四周时已经知道怀着双生子，许太太大乐，特地回来替他们打点一切。

子贵与婆婆甚为亲厚,对她的安排统统表示欢迎,言听计从,许太太心满意足,每日加倍努力张罗。

开明索性放开怀抱,任由母亲替婴儿订购衣服鞋袜小床小台,以及托人寻找可靠保姆等等。

"我是一定会留下来替你打点一切的,你放心。"

开明想说他一点也没有不放心。

许太太每次都陪着媳妇到妇产科医生处检查,子贵看医生阵仗庞大,有时邵令仪也一块去见习,许太太爱屋及乌,称她为大小姐,又替媳妇撑腰说:"现在我就是子贵的亲娘一样。"加上准父亲开明,把候诊所挤个水泄不通。

到后期又问子贵可需到外国生养,子贵立刻摇头,许太太于是更安心部署一切。

家里人忽然多起来,开明觉得安全得多,反正总有人在说话,他不必开口,更多时间做独立思考。

他母亲说:"已进入第七个月,子贵体重已增加二十公斤,她怎么还不告假。"

开明答:"她自己是老板,向谁告假。"

"身体应付得来吗?"

"她自有分寸。"

"你劝劝她。"

开明很怕与子贵单独谈话，是他做贼的心虚对子贵那双洞悉一切的双目有所畏惧。

他希望孩子快些降世，名正言顺可以眼皮都不抬地闲闲地道："孩子的妈，如何如何……"

日子近了，许家真正开始忙碌，保姆也已经上工，奶瓶开始堆起来，小衣服一沓沓那样买，许太太逐件欣赏，会情不自禁兴奋地饮泣。

预产期前三个星期，一日，子贵来敲开明房门："是今天了。"

开明惺忪地问："你怎么知道？"

"有迹象。"

一看钟，是清晨六时。

"别吵醒妈妈，让她多睡一会儿，我去把住院行李拿出来。"

"由我打电话通知医生。"

开明办妥一切，出来照顾子贵，发觉她已经梳洗完毕，换好衣服，坐在那里喝牛奶看早报。

能够这样镇静真是好。

开明说："医生叫你立刻进院。"

子贵抬起头来微笑，她胖了许多，皮肤依然晶莹，轻轻说："我看完副刊马上动身。"

开明坐下来，他俩的感情像是恢复到早期刚认识之际那般纯真，他问她："专栏有那么好看？"

"是呀，若今日不能自手术室里出来，也叫看过副刊，你说是不是。"

开明温柔地说："你不会出不来的。"

"是，我也那么想。"

他握住她的手，"拜托了。"

"别客气，让妈睡到九点半吧，这一觉之后她恐怕有一阵不得好睡了。"笑得弯下了腰。

开明送她入院，医生赶来检查过，定了下午三时正做手术。

子贵说："你去上班吧，我正好睡一觉。"

"我回去叫妈来陪你。"

"把令仪也请来。"

开明笑，"再请多一名，你们可以搓麻将。"

"对，由你通知秀月。"

开明好久没听见这个名字，不由得一怔，半晌摊摊手，"我不知她在何方。"

"不在伦敦，就在巴黎。"

"来不及打这场麻将了，你知会她吧。"

在车子上，开明想到去年初见秀月时，也是这种天气。

他伏在驾驶盘上良久，才开动车子。

许太太得知媳妇已在医院里，不禁哗然，出门时连鞋子都穿错。

开明并没有去上班，他得替女士们张罗吃的，他带着保姆去买点心水果糖。

时间比他想象中过得快，子贵被推进手术室一小时后一对婴儿便由看护抱上来。

许太太荣升祖母，迫不及待伸手去抱，一看婴儿的小面孔，怔住，张大嘴，说不出话来。

开明吓一跳，怕有什么不妥，连忙探头过去。

谁知许太太喃喃道："弟弟，这不是弟弟吗，两个弟弟！"

开明一看，果然，婴儿五官与他记忆中的弟弟一模一样。

许太太有失而复得的大喜悦，她拥着两名婴儿，祖孙齐齐哭泣。

这时邵令仪到了，立刻问："子贵呢，子贵在何处？"

开明暗叫一声惭愧，竟无人注意子贵身在何处。

这时子贵才由手术室上来，她麻醉已过，人渐苏醒，医生大声叫她名字，只听得她哎呀一声叹息："我已尽了我的力了。"

开明在一旁落下泪来。

接着她像所有母亲那样问："孩子们是否健康？有多重？"

"一名两公斤，一名两公斤半，算是很大很健康。"

子贵倦极闭上双目，那一夜她没有再说话。

开明着母亲回家，"今日你已够刺激。"

"我返家与你爸通电话。"

开明留宿在医院里陪妻子。

他当然没有睡着，怕吵醒子贵，动也不敢动，不知怎地，默默流起泪来，天亮，听见看护进来视察子贵，他起来梳洗。

子贵精神不错，受到医生褒奖。

子贵坚持淋浴，开明劝阻。

"你莫硬撑。"

子贵笑了，"你说得对，我本无天分，全靠死撑。"

开明不敢再言语，他低下头，自觉留下无用，便说："我回公司去看看，下午再来。"

傍晚再去，病房内一如开了鲜花店，周家信与邵令仪全在，许太太与保姆一起招呼客人。

开明心里很充实，事业上了轨道，妇孺受到照顾，他可以静坐一旁听她们聒噪。

寂寞鸽子‘’

捌·

如果你不再爱一个人，客气点不成问题。

五日后出院，婴儿幼小，一日需喂七八顿，又不住哭泣，整家人不知日夜那样乱忙。

半夜起来，开明好几次看到母亲左右手各抱一名孙儿坐在安乐椅上倦极入睡，保姆亦在一旁歪着。

这种惨况要待三个月后始慢慢有所进步。

开明自告奋勇当过几次夜更，他听得到婴儿饿哭，可是四肢全不听使唤，动弹不得，结果还是子贵挣扎着起来喂。

在电梯里，开明遇见困惑的邻居问他："你们家亲生儿一晚好似要喂三四次。"

"我有两名。"

邻居耸然动容，打起冷战，"啊，孪生。"

可不是。

开明疲乏地笑，现在名正言顺什么都不必想，孩子们救了他。

长到半岁的时候，会得认人，会得笑，会得伏在大人肩上做享受状，相貌与弟弟更加相似。

下了班开明哪里都不愿去，就是与他们厮混。

子贵身段已完全恢复正常，怎么看都不像生育过孪生子的母亲，她比开明忙，晚上时有应酬。

一日许太太烦恼地说："开明，你爸催我回去。"

"他寂寞了。"

"我不想走。"

"那是不对的，你去放暑假，天气凉了再来。"

"我舍不得孙子。"

"他们还不会走路，跑不了。"

"我不放心。"

"保姆很可靠。"

"你叫子贵辞工吧。"

"妈，那样太不公平。"

"那我不走了。"

拖到六月，许太太还是回去了。

开明教孩子们走路，"弟弟，这里，弟弟，过来。"

他的弟弟仿佛回来了，他清晰记得，多年前他也是那样教弟弟学步，他曾逐间逐间卧室去寻找他，现在他回来了，而且化身为二。

因此开明一日比一日敬畏子贵。

他完全照她的意思行事，她说东他绝不说西，她一有建议他马上办得妥妥帖帖。

表面上真是模范丈夫，邵令仪为此说："哗，原来女子升任母亲后身份地位可大大增加。"

开明笑道："是呀，可惜你蛋都没下一个。"

邵令仪勃然变色，咬牙切齿，追着许开明来打。

子贵主持公道："许某你活该站着让大姐打几下。"

开明便听话地站住，邵令仪狠狠地拧他脖子，他雪雪呼痛。

邵令仪忽然叹口气说："人夹人缘，我和自己兄弟却无话可说。"

子贵笑道："不是每个人似许开明般会得巧言令色。"

邵令仪说："不，我与兄弟是真的无缘。"

子贵说："那是没有法子的事，我与姐姐也如此。"

开明听她说到秀月，顿时静下来，不到一刻，孩子们睡醒了来找父亲，他的默哀也告终结。

邵富荣六十岁生辰，给许开明一张帖子。

子贵迟疑说："大姐坚持我们去，可是届时会见到大太太。"

"放开怀抱，开开心心去吃顿饭。"

子贵叹口气，"反正母亲不在了，我同邵家反而可以更加亲密。"

开明笑出来，"别忘记你也姓邵。"

子贵说："现在想起来，我也太会委曲求全了，还是秀月有志气。"

"你不想母亲为难。"

"母亲不一定那么想讨好邵富荣，否则也小窥了继父，他是道上朋友有难也随时拔刀相助的那种人，母亲只是觉得我们不该姓贝。"

"生父以后有无出现过？"

"听说托人来要过钱，后来终于设法摆脱了他。"

开明十分唏嘘，子贵童年不好过。

"我从来没见过大太太与她的儿子媳妇。"

"我俩就只眼观鼻，鼻观心即可。"

"孩子们去不去？"

"哗，不要啦，只怕老寿星头痛。"

可是邵富荣坚持："外孙一定要到，秀月都应允自伦敦回来，你们还推搪什么。"

许开明怔住，"秀月回来？"

"她一口应承，届时我可以与全体子女共聚。"他异常高兴。

开明咳嗽一声，"令仪的大哥有几个孩子？"

邵富荣照实说："他们二人一个未婚，一个没有孩子。"

"呵，只得我那两个小淘气。"

"所以一定要来替外公撑场面。"

"我是父凭子贵了。"

邵富荣呵呵笑。

子贵为那日的场面颇费了一点心思："不好穿红的，那要让给大姐穿，可是又得喜气洋洋，淡蓝色不错，带一个保姆即可，否则人家也许会说我们夸张，可是送什么礼物呢，邵家堆山积海，无论什么奉献都不起眼。"

开明不语。

"还有，秀月会回来，你知道吗？她感激继父帮她摆平日本人一事。"

"好久不见了。"

"你们在伦敦见过。"

"不，"开明说，"那次我没有来得及找她。"一定要否认一辈子，否认到天老地荒，宇宙洪荒。

"她不知道怎么样了？"

开明轻轻答："一定漂亮如昔。"

"她同吴日良怎么样了？"

开明这次坦然讲了真话："我一头雾水，一无所知。"

那天他们绝早到场，子贵考虑过情况，觉得保姆一个人不可能同时看管两只刚会走路专爱乱跑的小猢狲，故此把女佣也带在身边。

一家六口，浩浩荡荡，到了邵家大宅，门一打开，就趁势拥进去。

大太太本来还未决定给多少分颜色，一看到那对宝贝，五官就开始溶化，终于糊成一堆，像所有看到孙子的老太太，笑得合不拢嘴。

邵令仪笑着过来介绍她大哥二哥给他们认识，开明直呼大哥大嫂。

秀月还没有来。

大嫂细细问子贵看的是哪一位妇科医生,令仪也加入座谈。

开明心想,秀月还没有来。

周家信过来道:"你那美丽的大姨还未到,"停一停,"世上那么多女子,也只有她当得了美丽二字。"

开明笑了一笑,"是,那是一种叫你害怕的美色。"

周家信同意,"怕会失态,像张大了嘴合不拢嘴,多出丑。"

开明接上去:"怕把持不住家破人亡更加累事。"

周家信说:"我是远远看着就好,走都不敢走过去。"

开明不出声。

那边厢,邵太太正着人把幼儿抱得老高去把玩水晶灯上的璎珞,唉,一下子就惯坏了。

忽然之间,周家信大为紧张,"来了,来了。"

众人回过头去,看到贝秀月缓步进来,开明的目光贪婪地落在她身上,秀月并无刻意打扮,头发用一只蝴蝶结夹在脑后,身穿一套式样简单裁剪考究的西服,脖子戴一串黑珍珠，手上有一只晶光灿烂的大钻戒，那种打扮人人都做得到，可是她举手投足就是有一股说不出的艳光。

周家信胜在有自知之明，真的远远站住。

邵富荣先迎上去，子贵跟在身后，许开明比周家信站得更远，邵令仪那未婚的二哥却如灯蛾扑火似的走近。

只听得秀月笑说："我没带礼物来。"

邵富荣说："人到了就已经足够。"

邵太太看到她诧异说："今天我们家里有两对孪生子，四个人两张面孔。"

秀月只是笑，坐下边喝香槟边与妹妹叙旧。

孩子们一时认不清，过来叫秀月妈妈。

子贵后来说："真没想到我与秀月终于会踏进邵家大宅，与他们一家称兄道弟。"

在她们小时候，邵家高不可攀，阴影笼罩她俩整个童年，现在发觉邵氏不过也是人。

开明终于不得不讪讪走过去："日良兄呢？"

秀月抬起头来，笑不可抑，"我们已经分开了。"

开明吃了记闷棍，只得退到一角。

邵太太过来与他寒暄，"你是令仪的媒人吧，几时介绍个好女孩子给令侃。"

开明但笑不语。

邵太太贪婪地说："最好家里有三胞胎遗传。"

开明忍住笑："我会替二哥留心。"

秀月一直坐到完场，不住喝酒，那美貌渐渐变得可亲，老幼都乐得亲近，她却很少开口说话。

饭后男士们到书房聊天，女士们聚在图画室，开明叫保姆及女佣去吃饭，他在客房暂时看管孩子，幸亏幼儿已倦，各自躺着吃手指，就快入睡。

开明替他们盖上毯子。

却不防远远有把声音："一霎眼这么大了。"

开明抬起头，见是秀月，"请坐。"

她坐下来，"今晚我到新加坡去。"

"这些日子以来你老是赶来赶去。"

秀月也笑，语气像是在说别人的事，"可不是，似在逃避什么似的。"

孩子们睡着了，小面孔同洋娃娃差不多。

开明揉一揉疲倦的眼睛。

"真可爱，长得和你一模一样，可以想象这一年你们有多累。"

"疲倦得时常想哭。"

"没有流汗，没有收获。"

开明终于问："你怎么样了？"

秀月回答："没有更年轻，也没有更聪明。"

开明微笑，"可是看上去更漂亮。"

秀月低头笑，"开明你一向最爱我。"

"今晚在场男士都为你着迷，你看邵令侃的目光就知道了。"

秀月仍是笑，渐渐有点像讪嘲。

"穿衣服也规矩了，不那么叫人提心吊胆。"

"做客人自然要入室问禁。"

话题还没有开始便已经到了尽头，开明不知如何觉得鼻酸，正在这个时候，子贵走进来。

她一看室内情形，"咦，两个人坐得那么远，怎么聊天，孩子们倒是睡着了，外头已经散席，你们有何打算？"

秀月先站起来，"我打算回家。"

开明答："我想早点休息。"

保姆进来，与女佣一人抱起一个孩子。

秀月问："车子够坐吗？"

子贵笑，"我们现在开七座位小巴，刚刚好。"

邵富荣在门口送客，看着他们上车。

秀月用租来的大车与司机，临走时朝他们挥挥手，这一别又不知要待何时才能见面。

开明原本想与子贵聊几句，可是车内人实在太多，他出不了声，然后在沉默中他居然睡着了。

到家子贵把他唤醒，他睁开眼睛，一时不知身在何处，呆半晌，才下车。

直接走进睡房，又扑在床上，鼾声即起。

子贵也累，可是仍有精神，一般妻子以为丈夫无心事才可以睡得那么沉实，可是子贵知道，那是一种心死的表现。

男人既不能哭又不能抱怨，抱头大睡是一个解闷的好方法。

子贵低下头，孩子们那么小，又是一对男孩子，长大了也不能与他们诉心事，她日后生活恐怕也会寂寞。

睡到五点多，孩子们哗一声饿醒，许家立刻灯火通明，大人全都跟着起来。

开明叹气："如此抗战生涯。"

片刻吃完早点，孩子又睡过去，开明与子贵却不敢再度上床，索性更衣上班。

子贵叫住丈夫，"你可有精神时间，我想与你谈谈。"

开明立感头痛，"非谈不可吗，都听你的好了。"

子贵轻轻关上书房门，"只需十分钟。"

开明像被班主任留堂的小学生，低着头不出声。

子贵温言说："开明，这样下去太痛苦了，我们还是离婚吧。"

开明一震，他已经做出这么大的牺牲与那么多的妥协，子贵仍然不放过他。

霎时他无比愤怒与委屈，"我不相信你是我所爱的邵子贵！"

"邵子贵应该怎么样？"她大为纳罕。

许开明又答不上来，他的怒气被悲哀浇熄，"想想孩子，破碎家庭，多么可怜。"

子贵摇摇头，"我比他们先来到这个世界，我亦有生存权，趁早分手，各尽其力，他们不会觉得异样，他们只道父母天经地义应当分居。"

开明低下头。

"此刻我同你的关系又不是夫妇生活，趁早结束不愉快经验，从头开始。"

开明问："你的心意已定？"

"是，我会单方面申请离婚，届时签不签字由你。"

开明怔怔看着子贵，她竟遗弃了他。

"开明，多谢你为这个家出力，没有你，我们与邵家不会如此紧密。"

开明恳求妻子，"子贵，再给一次机会。"

子贵温柔地说："我已经给这段婚姻多次机会。"

"我怎么不知道？"

"看，所以我俩在一起并无希望。"

开明无言。

公司已有电话来催。

他俩一起出门，在车子里许开明问妻子："你搬出去住的话，生活费会有问题吗？"

邵子贵愕住，像是听到世上最奇怪的问题一样，她半晌答："敝公司去年缴税后纯利为一千七百多万，我没跟你说过？"

许开明呆呆地看着子贵，"不，你没告诉我你已飞黄腾达。"

子贵低下头，"我也有错，我俩已不交谈良久。"

"发生了什么，子贵，发生了什么？"

子贵微笑，"见到你如此惋惜，我俩也不枉夫妻一场。"

开明啼笑皆非，气极而笑。

"我们是那种分手后仍是朋友的夫妻！"

开明把车驶到一角停下就走，撇下子贵，步行返公司。

他迟到十分钟，浑身汗，需要换一件衬衫才进会议室。

子贵的电话尾随而至，开明对她说："我不要与你做朋友。"挂线。

周家信走出来，"开明，业主在等你。"

许开明强颜欢笑，"对不起马上来。"

那天他回到家里，打电话召回子贵，对她说："你搬走好了，这是我的家，我不会与孩子们分离。"

"我知道你深爱二子。"

许开明哽咽。

"我会搬走，但与你约法三章，为此我换取随时随意探访权。"

"很公平，你可以带走任何你需要的东西。"

"开明,我无所求。"

许开明说:"那么不失为一宗简单的离婚案。"

"是,这是我处事习惯。"

许开明笑了,忽而流泪,他承认:"也许我们真的可以成为朋友。"

翌日子贵就搬了出去。

新居在岛的另一端,与老家来回需大半个小时车程,她每晚伴孩子入睡后才返回新家。

开明摊摊手,"他们半夜起来找妈妈。"

子贵答:"他们会习惯的,许多母亲都没有力气当夜更。"

"新居需要装修吗,我可以代劳。"

子贵沉默一会儿才回答:"不,开明,我从来不喜欢你的手法。"

开明到此际才知道子贵其实讨厌他。

可是她不比秀月,她自小擅长收藏她的感情。

周家信与邵令仪知道消息后讶异得捶心捶肺。

"怎么可能!你们是有史以来最理想的一对夫妻。"

"开明,告诉我,解我心头之谜,到底是怎么一回事?"

"不会是有第三者吧?"

见许开明不出声，邵令仪瞪大双眼，"第三者？"

"是。"

"你，还是子贵？"

"我。"

周氏伉俪齐齐惊呼。

许开明低声说："有些女子可以容忍配偶不忠，有些绝不，邵子贵是后者。"

"你有不忠行为？"

"令仪，我们不方便再问下去。"

许开明却直认不讳，"有，我的心早就背叛了子贵。"

邵令仪叹息，"我早点听见这供词，就会对婚姻三思。"

许开明疲倦地说："我需要你们的友谊，请别离弃我。"

周家信与邵令仪都知道事情没有那么简单，连忙说："开明，你永远是我们的好兄弟。"

开明又对他俩说："请照顾子贵。"

周家信与邵令仪面面相觑，既然如此周到，又何必分手。

接着几个月里，开明努力工作，不问其他，连中饭都回家吃，以便亲近孩子。

周家信同邵令仪说："丈八金刚摸不着头脑哩，何来第三者。"

"他可是亲口承认的。"

"我与他每日相处十小时以上，没有人，没有电话，他一下班必定回家，一点娱乐也无。"

"可能，已经分开了。"

"为她离婚，必定缠绵。"

邵令仪忽而抬起头，"会不会是个他？"

"别开玩笑！也得有个踪影呀。"

邵令仪茫然，"太费人疑猜了。"

"慢慢观察，水落则必定石出。"

他们看到的只是一个沉默憔悴的二子之父，孩子一岁生日，开明请了几个朋友到家吃面。

邵令仪最早到，带来好些实用美观的礼物，又帮着逗孩子玩，拍照。

开明说："大姐对我们最好。"

令仪坐到他身边，"你有心事，不妨对我说。"

"你若怀了孩子，我们指腹论婚。"

"照说是可行的，两家其实并无血统关系。"

"努力呀。"

邵令仪一直笑，半晌问："子贵怎么还不来？"

"她去取蛋糕，可能交通挤。"

"开明，告诉我，第三者是谁？"

"其实她不是第三者，子贵才是。"

"什么？你认识她在先？"

"不，虽然我先结识子贵，可是，心中是先有她。"

邵令仪糊涂了，叹口气，"开明，我认为你应该看看心理医生。"

开明喝一口酒，微笑不语。

邵令仪握着他的手，"开明，振作点。"

门铃一响，子贵进来了，孩子们立刻上前缠着妈妈。

子贵笑容满面，一点看不出异样，依然是许宅女主人模样，把孩子抱在胸前，指挥用人先上冷盘，再吃热荤，然后小小碗银丝面。

许开明走到哪里，把香槟瓶子带到哪里。

令仪说："你坐下吃点东西。"

开明答："我约了人，出去一会儿，失陪了。"

取起外套出门去。

子贵看他出去，松一口气。

令仪大惑不解，"怎么两个好人，居然搞得不能同处一室。"

子贵叹口气，"大姐，我希望你一辈子也别明白。"

周家信笑着过来改变话题，"子贵，听说你最近十分发财。"

"托赖，还过得去。"

令仪感喟说："子贵，你真能干，难怪我爸疼你。"

子贵谦逊，"社会富庶，只要肯做，一定可以得到报酬。"

"你们姐妹有一股魅力，我好不羡慕。"

子贵苦笑，"真讽刺，我连婚姻都失败，你还调侃我。"

周家信又打岔，"我们不说这个，子贵，你可知邵令侃在追求令姐？"

子贵一呆。

"他对她一见倾心。"

半晌子贵才说："他可知她结过两次婚？"

令仪笑，"这年头谁没有结过一两次婚。"

周家信说："我觉得是好事，因两家并无血缘关系。"

子贵隔一会儿说："可是到底她母亲与他父亲曾是伴侣。"

"上一代的人与事早已烟消云散。"

子贵连忙赔笑，"是，我迂腐了，只要当事人快乐就好。"

"子贵，你和开明，果真已到无可挽救的地步？"

子贵第一次透露心事，"你们也知道，我这个人，不贪享受，没有企图，亦不欲高攀，只希望伴侣，忠实地爱护我，既然做不到这样，又何必恋战。"

邵令仪叹气，"可是，我们看不出许开明有任何不轨之处。"

子贵笑，"老周说得对，我们不谈这个，来，切蛋糕，保姆，把大弟小弟抱出来。"

这个时候，许开明坐车中在山顶看夜景。

他伏在驾驶盘上好些时候了。

也曾打电话找老朋友聊天。

可是张家玫不在家，用人说她在某酒店某舞会。

刘永颜的电话由一位男子接听："她正淋浴，我去叫她。"开明没等她来，已挂断电话。

关尤美的电话由录音机代答，声音遥远空洞，开明一句话都不敢说。

完全不得要领之后，开明把这三个朋友的名字自记事簿里划掉，相信她们也一早做了同样的事。

他伏在驾驶盘上看夜景。

实在累了，拨电话回家。

周家信来接电话，听到是许开明，啼笑皆非，"你可以回来了，子贵在孩子们入睡后已经离去，我们现在就走，你安全了。"

说得真好。

回到家中，倒床上，看着天花板，很麻木地睡着。

梦见到处在找弟弟，一间房一间房那样搜索，失望一次又一次，终于看到有灯光，"弟弟？"找进去，安乐椅上坐着一个人，转过头来，开明失声："秀月！"

她晶莹白皙的脸上有泪痕，开明蹲到她跟前，"秀月你为何哭？"秀月闻言忽而微笑，色若春晓，开明陶醉在那水一般的容颜里，轻轻说："请等一等我。"

可是闹钟响了。

许开明立刻起床去看孩子，小床里两个小大头贴在一起睡，开明凄凉地笑，握着他们小小拳头，半晌做不了声。

他更衣出门。

过几天，他听到子贵打算再婚的消息。

周家信先斟杯酒给他，"且慢下班，有话要对你说。"

对开明来讲，可说是晴天霹雳。

周家信道："昨天她向我们透露消息之际，我就觉得好比示威。"

"不，"开明代子贵辩护，"她不是那样的人，她只是渴望有一个家。"

周家信说："你仍然爱她？"

"当然。"

"那又何必离婚？"

"因为我爱别人更多。"

周家信大声问："那该死的人到底是谁呀？"

"我，我最该死。"

"至于一对孩子——"

许开明忽然站起来，"许家孩子永远归许家，有谁妄想同我争一对孩子，我会拼命。"说完握紧拳头，额角青筋绽现。

"子贵说孩子仍然跟你。"

开明沉默，过一刻说："那我祝她幸福。"

"你不问那人是谁？"

开明到此际才问："是谁？"

"一个美籍华人，同犹太人合作做纺织，姓方。"

"是吗，那多好。"

他埋头工作去。

下班他想去喝上一杯，一踌躇又回家去。

孩子们需要他。

没想到子贵比他先在。

她穿着晚装，很明显地稍后要去赴宴，不过趁空当来陪陪孩子。

盛装的她把幼儿抱在膝上教英文字母，缎子礼服团皱而在所不惜。

该刹那她这种任性依稀有点像秀月，开明趋前一步，"恭喜你。"

子贵抬起头来，眉宇间刚毅之气使开明又退后一步。

她淡淡地笑，"你听谁说了什么？"

开明在远处站定，"好像说你找到对象了。"

子贵嗤地一笑，"十画都没有一撇。"

这时保姆拿食物出来喂孩子，二人的注意力转移，子贵认为应当由他们自己来，开明说："过了两岁再讲。"保姆表示："自己吃会一天一地，没有东西到肚。"

子贵看了看手上的钻表，"我要走了。"

开明送她到门口。

回来把用人与保姆都叫来吩咐："太太若果要把孩子带出去，马上通知我，同时设法阻止，必要时报警。"

二人面面相觑。

不料子贵又打回头，"车子没来，开明，能否送我一程。"

"谁的车子？"

"公司车。"

她拨电话追究，结果车子在近郊路上塞住了，起码要二十分钟才能驶到。

开明知道子贵最恨迟到，于是取过车匙。

这一程车不算短，可是两人什么话都没有说，车厢里气氛不算僵，只是没有话题。

到最后开明问："生意很好？"

"托赖，过得去，贵宝号也节节上升吧？"

"同事们加薪达百分之三十强，周家信很会理财。"

客套过后，许开明与邵子贵就像司机与乘客那样沉默，当然，很多夫妻在类似环境下一样可以白头偕老，可是在该刹那许开明却肯定他们应该分手。

到了目的地他下车替子贵开车门。

一位男士一早在大玻璃门前等，见到子贵一个箭步上前来迎接，看到许开明二话不说自袋中取出一张钞票给他。

他把他当司机了，许开明这点幽默感是有的，说声多谢，把钞票收入袋里，上车。

子贵想要解释已经太迟。

开明笑着朝她挥挥手把车驶走。

变成邵子贵的司机了，不久之前，他许开明还是令女性眼前一亮的俊男呢，他感慨一会儿。

回到家中，对牢长镜一看，发觉自己长胖了，头发太长，衣服太皱，神情萎靡。

许开明并没有握紧拳头奋发图强，发誓自第二天起从头做人，相反的他觉得这样垮垮的很舒服，以后都可以朝这条路走下去。

他睡了。

半夜子贵的电话来致歉，开明很清醒，他现在已可以把秀月与子贵的声音分得很清楚。

"没问题，"他反而安慰她，"他等急了故此忙中有错，他为人阔绰，一出手就是一百美金。"

子贵不语，那样圆滑与不在乎，可见前妻在他心中，一点位置也没有了。

"什么时候，一起吃顿饭。"

"不不不，"开明骇笑，"万万不可，我始终是炎黄子孙，许多事誓做不到洋人那种豁达，请你千万别把孩子与我牵涉到你的感情生活里去。"

子贵半晌才说："再见。"

挂了电话开明照样呼呼入睡，连他都不明白怎么可以办得到。

如果你不再爱一个人，客气点不成问题。

寂寞鸽子·9

玖·

这些年来，她也不老，不是不食人间烟火，

而是吸尽人间精华。

第二天他向秘书说："二月份有没有假？"

"放多久？"

"一个星期。"

"应该可以。"

"通知周先生，还有，问一问邵子贵女士，她可否来做七天替工？"

秘书跟他久了，十分了解他脾气，"你舍得孩子们？"

"就是因为不舍得，所以一年来寸步不离。"

秘书说："你也该放几天假了。"

"谢谢你表示同情。"

他花一个下午调查贝秀月的下落。

她仍住在伦敦，不过常常出去度假，如果想见她，还真得预约。

许开明先把母亲接来监管孩子。

一切安排妥当之后，他出发旅游。

他事先没有与她联络，想碰碰运气。

到了伦敦，他找上门去按铃。

女用人前来开门，"啊，"她说，"小姐在，请进来稍候，我去通知她。"

开明心中一阵喜悦，进客厅坐下。

白色沙发上搭着一件桃子色丝浴袍，开明伸手过去，想触摸一下，又把手缩回来。

浴袍角落镶着极宽极薄的花边，半透明，轻且柔，开明终于握住一角，他似闻到一阵香气。

这时走廊门打开，有人走出来，开明抬起头，呆住。

出来的也是一个丽人，但不是秀月，她皮肤微褐、棕色人眼，漆黑头发，分明是个印度西施。

笑着坐下来问："我们认识吗？"

开明怔住，半晌才说："我找秀月。"

"啊，她在公园。"

开明温和地说："那是一个极大的公园。"

202

"近人工湖处，她去写生，试试去找她。"

开明问："你是哪一位？"

"我是她朋友慕莲，前来借住，"她看到了浴袍，"瞧我，把东西乱扔。"

开明站起来，"我去找一找。"

"与我们一起吃中饭好了。"

开明欠欠身，不置可否。

二月的欧洲春寒料峭，开明拉了拉衣襟，走到公园去，越走近人工湖他的步伐越是急，站定了，喘口气。

大清早，湖畔并没有太多人，他用目光搜索，不一会儿便看到秀月。

她独自坐在一张小小帆布椅上，身前架着画架，看得出是在画水彩，身上穿一件黑色大衣，离远看，衣上有一点点银光闪闪，像雨珠，开明莞尔，这秀月，无论怎么样不肯穿老老实实的衣裳。

他全身渐渐活转来，凝视她侧面，喜悦充满他的心，只要看见她已经足够，他轻轻在树根上坐下来，下巴搁膝盖上，静静在远处看她。

此际，秀月只需一回头便可看见他，可是她全神贯注在为对岸的湖光山色着色，对四周环境不加留神。

终于，她停了笔，搓一搓冰冷的手指，取过一只扁银壶，打开盖子，喝了一口。

开明笑，那当然是酒，用来暖身，笑着笑着开明渐渐眼眶润湿，落下泪来。

一位老太太牵着狗走过来，看到他在哽咽，十分诧异，"年轻人你可是触景伤情。"

开明点点头，"我想是。"

老太太朝她的方向看了看，"是个美女。"

开明完全同意，"你说得正确。"

老太太端详开明的脸，"她令你流泪？"

"不不，是我神经脆弱。"

"那是因为爱得太深的缘故吧？"

"你又猜对了。"

老太太忽然很高兴，"谢谢天我已经过了恋爱季节。"

开明抬起头来，"你也经过此苦吧？"

老太太点头，她身边的小狗跳了一跳，吠数声。

可是秀月并没有因杂声而回头张望。

"我不打扰你了。"老太太拖着狗往前走。

雾气渐渐下降，这个二月比任何一个冬季还冷，开明怕秀月吃不消，但是她兴致盎然，决意要完成那张水彩。

开明觉得十分满足，他根本不需要与秀月讲话，心中已经充满喜乐，他站起来离开人工湖。

他叫部车子直接到飞机场。

周家信十分诧异，"这么快回来了？"

"不舍得孩子。"

"我们还以为你终于提起勇气去见那第三者。"

开明微笑低下头。

"她还在等你？"

"不，她从不等人。"

"啊，那你岂非两头不到岸？"周家信揶揄他。

开明并不愠恼，"我又不想上岸。"

"你到底想怎么样？"

"等孩子大一点再说，起码五六岁，上幼稚园，有话讲得通，现在，我不在家，晚上他们会找我。"

周家信叹口气，"说得真可怜。"

"光华园那些图册出来没有？"

"我叫人取出给你看。"

　　周家信结婚两周年纪念，请开明吃饭，子贵也来了。

　　开明到场之后才发觉只得他们四人。

　　"没有其他客人？"

　　"不关他们的事。"

　　子贵胖了一点，气质雍容，非常漂亮，戴着珍珠项链，可是这一串较大较圆，不是旧时那一串，想必是她新置的。

　　"祝周家信与邵令仪永远相敬如宾。"

　　子贵说："真没想到大姐是那样一位好妻子。"

　　老周笑，"我早就看好，她思想成熟，生活经验丰富，对人对事不存幻想，而且经济独立，这样的人怎会不是好妻子。"

　　开明笑："真是佳偶天成。"

　　子贵看着他，"出来吃饭也不刮刮胡髭。"

　　开明说："老周伉俪不介意。"

　　"这是礼貌，以前你不是最注意仪容吗？"

　　邵令仪解围，"你都不要他了，还理他的胡髭做甚。"

　　子贵忽然认真地说："当着大姐，我不必打诳话死撑，是许开明另外有人，我不过知难而退。"

　　开明不语，一直喝闷酒。

　　令仪说："他哪里有人，天天坐在办公室，暗无天日，像在地窖受刑，下了班准回家带孩子，你嫌他闷是真。"

"上菜了，"老周说，"来来来，嘴巴不要光用来说话，也需吃吃佳肴。"

开明挑喜欢吃的挟几箸送酒，忽然挂住儿子，打电话回家问保姆他俩情况，姿势像个标准母亲。

又赔笑说："老是放不下他俩。"

老周说："一天比一天婆妈。"

开明搔头皮傻笑。

饭后开明送子贵回家。

子贵说："你现在是个自由身了。"

开明说是。

"为什么不去找她？"

开明半晌答："孩子们还小，需要我俩大量时间，我实在没有能力应付别的事。"

"这不过是借口罢了。"

"不，孩子在我心目中绝对占优先权。"

"她与吴日良分开了，也是一个人，这该是好机会。"

开明看着窗前，"子贵，那一次，我出差到伦敦，你因怀孕急召我回家，何故？"

"我当时不慎误会我俩婚姻还有得救。"

"我也希望有救。"

"告诉我，开明，那一天，你是否与秀月在一起？"

开明面不改色，"不，我是一只孤独鸽子。"

车厢里沉默了。

到了家，子贵在下车时心平气和地说："开明，刮一刮胡髭，换件衬衫，你会像新人一样，去，去找她。"

开明在电光石火间忽然明白了，"你可是要结婚了？"

子贵点点头。

开明看着她，"我真笨，当然，你会是一个最好的伴侣，思想成熟，生活经验丰富，对人对事不存幻想，而且经济情形大好，这样的人怎会不是好伴侣。"

子贵不语。

"祝福你。"

"或许，你会让孩子们来观礼。"

许开明举起手，"不可能，孩子们免役，我不想他们看到亲母披婚纱与别的男人举行婚礼，不用妄想我会豁达到那种地步。"

子贵低头，"你说得对，孩子们有他们的生活。"

"很高兴你同意我的观点。"

他推开门让子贵下车。

回到家中第一件事就是到卧室去看孩子。

把他们的头发抚上去,看到小小饱满的额头,熟睡的小身体蠕动一下,许开明想,以后还得继续努力减少应酬陪伴他俩。

子贵那么喜欢孩子,她又有能力,将来想必更添多几个孩子,叫她抽时间出来恐怕更难。

正沉吟间母亲起来了,在他身后问:"子贵没上来?"有点失望。

"今晚她特别累。"

"孩子们找妈妈呢。"

开明只得赔笑。

许太太说:"真不明白你俩是怎么离的婚,许多在职夫妻还不如你们那样互相关怀。"

"我们曾经深爱过,不想蒙骗对方,故此没采取虚伪态度。"

"过两天我要回去照顾你老父,你又落单了。"

"妈,过几年待大弟小弟稍大,我把他们送到你处读书。"

"真的？"许太太大喜，"那我是因祸得福了。"

"这次回去，你替他俩报名读私校。"

许太太耸然动容，"啊，事不宜迟，温哥华私校现在轮候时间长达两年。"

忽然之间，许太太有了精神寄托，不再彷徨失落，笑着回房去。

许开明又捡起思绪：谁娶了子贵等于与邵家建立关系，邵富荣这几年财宏势大，邵子贵后台坚强，那姓方的一定已经调查清楚。

开明叹口气，子贵当然不乏追求者，社会至现实势利，谁会介意她的过去。

时间过得飞快，一早起来，晃眼中午，转瞬黄昏，忽而一个星期，不知怎的，日历又翻到尽头。

大弟与小弟要到三岁才会说单字表达意思，开明与子贵分头着急，看遍专科医生，待四岁能说简单句子，他俩才放下心事。

子贵搂着两个大头落泪道："吃亏，真正吃亏，同你们爸爸一样愚蠢。"

她并没有再怀孩子，同邵令仪说："两个已是一辈子的事，再不能分心。"

孩子们过了四岁即将被送往温哥华。

"与祖母一起生活好吗？"

他俩抱住爸爸的大腿吃手指不语。

子贵有点困惑，看住孩子，"真不似英才。"

"没问题，"许开明咧嘴笑，"周家信会在温埠[1]开设写字楼，派我驻加，是不是，老周？"

老周温和地答："为你，任何事。"

这几年许开明对孩子的贞忠感动每一个人。

"来，老周，让我俩到温埠去分一杯羹。"

"去吧去吧，一天上班六小时足够，尚余十八小时带孩子。"老周如此取笑他。

"不，孩子交给父母，我可以替公司做开荒牛。"

周家信有点感动，"真的，开明，真的？"

子贵沉吟，"可惜以后我看孩子不方便。"

邵令仪忽然拿出做大姐的样子来，冷笑说："你若那么恋恋幼儿，就不必离婚。"

---

[1] 温埠：即上文所提温哥华。

子贵恼怒，"同你这等盲塞的人有理说不清，你懂什么，周家信待你一条心。"

邵令仪叹一口气，"开明，孩子们需要一个可靠稳定的环境，同祖父母生活最理想不过。"

开明说："会议结束。"

子贵靠在墙角有点沮丧，开明走过去想说几句话，像多谢你允许我将孩子带走之类，可是讲不出口。

子贵感慨说："真没想四年过得那么快，孩子们又长得高大，六岁大外套都可以穿得上。"

"将来可能有一八〇公分 [1] 高。"

"胜过你。"

开明有一丝安慰。

"本来一直想生一对女儿，老了父母有个伴。"

开明说："也总得有人生男孩子。"

旁人眼中，他俩像是根本没有离过婚。

周家信只觉得二人敷衍工夫都好到巅峰，但是那是用来对付外人的，他俩却用来应付对方。

---

[1] 公分：1 公分 =1 厘米。

周家信说："开明，你送子贵。"

子贵答："我不用人送。"

周家信笑，"就让他送你一程吧，如今男人还可以为女人做些什么？衣食住行都不劳别人操心，收入高过我们多多，男人也只得假细心一番，表示尚有存在价值，去，开明。"

开明笑着取过外套，"遵命。"

邵令仪却诧异，"老周，你缘何唱起男人的哀歌来？"

开明偕子贵下楼。

子贵忽然说："要去喝杯咖啡吗？"

"我陪你。"也许，她有话要说。

坐下来，子贵叮嘱说："孩子们的衣服我会带来，千万别穿蓝、灰、白以外的颜色，他们能喝牛奶，别给太多糖吃——"

开明安慰道："放心，一定快高长大。"

子贵沉默。

过半刻问："你没有去找她？"

开明低下头。

"为何不去找她？"

　　开明想一想，"她不会做背叛你的事，她说家里那么多人，就数你对她好。"

　　子贵笑了，笑声有点无奈，却没有讽嘲之意，"一切已经过去，还说来做甚。"

　　"她觉得落难之际，只有我们搭救她。"

　　子贵劝道："别听她的，她何需任何人帮忙。"

　　"那你也把她估计过高了。"

　　子贵叹口气，"一个人爱另一个人，总觉得那人特别弱小可爱无助。"

　　开明微笑，"我们又恢复无话不说了。"

　　"若真的相爱，就不必理会其他。"子贵像喃喃自语。

　　开明垂下头。

　　"别让时间在指缝流过，去，去找她。"

　　"子贵，你真的认为我应当去？"

　　"不过先得收拾一下体重仪容。"

　　开明笑了，子贵唤人结账。

　　她说："开明，祝我幸运。"

　　开明有点诧异。

　　子贵解释："一段婚姻最需要的是运气。"

开明看着她，"这几年来你头头是道，得心应手，想一样得一样，生意又蒸蒸日上，我想你正红运当头，一切水到渠成。"

子贵听了极之高兴，一点不发觉许开明一番话似街边摆档混饭吃的算命先生。

"真的，开明，真的？"

开明双眼润湿，"子贵，本来我应该照顾你一生。"

子贵毫无芥蒂地笑，"开明，"她拍拍他肩膀，"你看住自己就很好。"

她在酒店门口叫了车子就走。

开明连送她的机会都没有。

要整顿仪容也不是那么容易的事。

这些日子来孩子吃什么他吃什么，两名幼儿嗜吃花生酱加果酱夹面包，那种食物一个月能把人吃胖一公斤，有空他跟着儿子不是嚼啫喱豆就是吃橡皮熊糖，许开明知道他超重。

他带着孩子及保姆一起上路，飞机上仍然忙得团团转。

许开明与邵子贵是那种如无必要不带幼儿上飞机的人，也不认为孩子们到处跑有何时髦可言，相反而言十分受罪。

等孩子们入睡，他才有机会用餐。

漂亮年轻的侍应生把他带到一排空位，殷勤招呼，然后有意无意问："孩子母亲呢？"

开明不欲惹麻烦，随口说："她会来飞机场接我们。"

那标致的女郎收敛了笑脸。

过海关正排队，工作人员引他到前打尖，不消十分钟便顺利过关。

开明怕父母未来到，可是一抬头已看到他们，老父头发似更稀疏，他前去紧紧握住父亲的手，另一手抱着幼儿。

保姆抱着大弟与许太太会合，那祖母忙问："行李呢？"

"一切现买。"

许老先生说："对对对，上车吧。"

一辆七位面包车驶过来，车门打开，一个梳马尾巴的年轻女郎跳下车来笑着说："孩子先上，老人家随后，保姆，座位上篮子里有水果饼丁，这位是许开明君吧，我叫冯喜伦，是许老伯的邻居。"

许开明见她如此磊落，乐得受她指挥，大家上了车，她关好车门，才上司机位。

孩子们醒了，一会儿要这个，一会儿要那个，幸亏冯小姐车厢像个临时住家，式式俱备，玩具、饮料、糖果齐全，连保姆都啧啧称奇。

许开明开始眼困，闭上双目，头靠在车窗上，打瞌睡，双耳忍受孩子们炮轰，奇怪，四年来的训练，使他在任何情况下都可以偷偷睡一觉。

大儿小儿与弟弟不同的地方是，弟弟文静得多，许多次，进得房去，开明都看见弟弟小小个独自坐在电视机前，闻得身后有声会得转过头来一笑，像个活娃娃。

开明蓦然醒来，看到孩子一脸巧克力酱，呻吟一声，假装晕厥，许太太笑着摇他，"喂，起来帮忙。"

一家人下车后车厢里全是废纸垃圾。

他向冯小姐致谢："打扰你了。"

"啊不妨。"

"冯小姐读书还是做事？"

"我在家父写字楼打杂。"

开明颔首，"发展家庭事业最好不过。"

冯小姐笑，"待会儿见。"

保姆忙着替孩子们洗澡。

许开明到卧室一看，真是什么都准备好了，孩子们好不幸运，祖父母这样有能力。

他静了一会儿，拨电话到子贵处。

"到了？孩子们可听话？可有哭叫妈妈？"

"在园子里玩耍呢。"

"你好吗？"

"还不知道，希望会习惯，一时间只觉空气十分清冽，人情味好不浓厚。"

"开明，我要去上班了。"

"好，下次再谈。"

开明挂上电话，许太太进来说："我叫保姆去休息，此处由我接手，你适才同子贵说话？"

电话铃响，许先生说："开明，找你。"

开明满以为是周家信，却得到个不大不小的意外。

"我是邵令侃，令仪关照我找你。"

"邵兄，长远不见，好吗？"

"出来喝一杯。"

"你说时间地点。"

当下约好下午见面。

开明一时没想到他也在温埠，只觉突兀。

听说他与秀月一起，不知这次她在不在。

竟一夜没睡好，半夜孩子醒来，他连忙过去查看，大弟伏在枕上饮泣，"妈妈，妈妈"。开明紧紧抱住他，接着许太太也来了，拍孙儿背脊。

天刹那间亮了。

翌日替孩子办好入学手续，把他们送入幼儿园。

他去赴邵令侃的约会。

一见到邵某，许开明不禁喝一声彩，这才是个人物：容貌端正，打扮得恰到好处，衣着合身时髦，却不浮夸花巧，态度热忱，一见到开明马上站起来。

"我爸和我妹异口同声叫我看看你。"

开明拱手，"多多照顾。"

看他左右，不见有女伴。

"邵兄你来了多久？"

"有一年了，"邵令侃答，"家父看中了这里的地皮。"

"也已经涨足了吧？"开明有点怀疑。

"很难说，"他笑，"七十年代港人也那样想，可是以后又涨上十倍。"

"此处地大。"

"但是交通方便，静中带旺的住宅地皮却不多。"

"你是来做买办？"

邵令侃呼出一口气，"在家我不得宠，故刺配边疆。"

"我听说邵先生非常喜欢你。"

邵令侃笑，"不过远有远的好处，将在外，马虎点也交得了差，不过，确是让两个妹夫比下去了。"

许开明连忙欠身。

这时他们身后出现一名洋女，天然金发，高挑身段，穿大红紧身裙，手搭在邵令侃肩上，在他耳畔说了几句话，他并没有介绍她，想必这种女伴常常换，免亲戚记住芳名，她投下一个笑容又走开了。

开明忍不住问："你仍然独身？"

邵令侃笑笑，"单身汉做惯了，千金不易。"

"可是我听说——"

"贝秀月？我已经罢手了。"

开明冲口而出："为什么？"

"一则父亲说，名义上，她同子贵一样，是我妹妹。"

"可是你俩半丝血缘也无。"

邵令侃答："但华人想法不同，不好向亲戚交代。"

"二则呢？"

邵令侃十分感慨，"要是我真豁出去，家父亦无可奈何，可是秀月这个人，难以捉摸，我连一成把握也无，就彻底牺牲，未免不值。"

开明不出声。

"我们约会过十来次，却根本不知她想什么喜欢什么，我老觉得她神思不属，即使精神好的时候也冷冷地等我施尽百宝去讨好她，开明，人活到一定年纪多少有点自爱，我为自己不值，这样下去，即使结婚，又有什么快乐？"

开明低下头。

"你明白我的意思吗？"

开明点点头。

邵令侃略觉安慰，"于是我知难而退，同自己说，放弃吧，邵令侃，在她眼中，异性均是粪土。"

许开明笑了，用手旋转咖啡杯。

邵令侃用手搔搔头，"可是我始终不能忘记她，开头，以为那是她长得美的缘故，可是不，你看洋女，均大眼高鼻小嘴，雪白肌肤，身段美好，可是不难把她们丢在脑后。"

说到这里，十分困惑，双目看在远处。

邵令侃说下去："秀月有一股耐人寻味的神情，像一个谜，我好想破解，可是兜来兜去，不得要领，蓦然惊心，她是一个令你虚耗一生的女人，所以我不后悔我的选择，毕竟一个男人还有许多其他的事要做。"

邵令侃语气无限惋惜。

许开明没想到大舅会对他倾诉心事。

那洋女回来了，身上衣服已经换过，手上拎着大包小包，显然在附近商场甚有收获，她笑靥如花地吻邵令侃脸颊，到另外一张桌子坐下。

开明识趣地笑说："我们再联络吧。"

"开明，看到秀月替我致意。"他叹口气。

开明一怔。

邵令侃是聪明人，立刻问："你不知道她住在灰点？"

许开明笑，"都来了。"

"可不是，全世界华人设施最齐备的西方都会，也数是这里了。"

开明与他握手，只见那边媚眼一五一十抛向邵令侃，小小投资，即大量回报，这才是生意眼。

开明向他道别，回到停车场，只觉脚步有点浮。

他把车子驶到灰点，看着浩瀚的太平洋，直到黄昏。

他知道她与他看着同一个海。

车子里电话响了。

"开明，"是他母亲，"孩子们找你。"

许开明如大梦初醒，驾车回家。

接着一段日子，开明为新办公室奔走，转瞬三个月过去，子贵趁寒假过来看孩子们。

"住什么地方？"开明问她。

"秀月处。"

开明低下头，姐妹俩已和好如初。

"你没去过她家？"

"我没同她联络。"

"来，我带你去参观。"

车子驶进西南海旁大道，再转入幽静内街，停在一座大宅前。

子贵说："两亩半地，主宅仍在装修，她与管家住工人宿舍，那里也有四个房间。"

开明不语，这当然不干山本或是吴日良的事，这是另外一笔账。

子贵看开明一眼，"当地有本好事的英文杂志做过调查，列出温埠头二十名豪宅，秀月这间是第三名。"

开明说："奇怪，每个城市都有这种三八的刊物。"

子贵笑答："天下乌鸦一样黑。"

秀月站在大门口等他们，怯生生，天气已经相当寒冷，她却没披大衣，只穿灰色开司米毛衣与紧身裤，双臂抱在胸前，瑟缩不已。

子贵笑道："快进屋去。"

"在那边。"

工人宿舍一如一般花园洋房大小。

管家端出下午茶来。

许开明站得远远，看着秀月，她头发束脑后，脸上没有化妆，容颜异常秀丽，但正如邵令侃所说，异性为她着迷，却还不为她的美貌，多年不见，她娇慵如昔。

只听得她抱怨："买不到好蛋糕，均太甜太甜，甜得发苦。"

半晌开明说："邵令侃问候你。"

秀月嗤一声笑，"他像不像邵富荣？一个印子印出来，本来小生意也无须如此庸俗，他家最特别。"

许开明这才知道邵令侃决定退下去的原因，再纠缠也没有希望，知难而退是明智之举。

子贵这时发觉秀月胸前有一条极细的白金项链，坠子是一颗晶光灿烂的硕大心形金刚钻，她诧异问："这是谁的心？"

秀月双腿盘坐在沙发上笑答："某人。"

子贵纳罕，"一颗心交给别人悬在半空，不难过吗？"

秀月立刻说："当然不是真心。"

子贵哗哈一声笑出来。

用完茶点，子贵改变主意，决定到许家下榻，方便接近孩子。

她到卧室去拨电话。

秀月忽然问："那日在人工湖畔，你为何不上来招呼？"

开明蓦然抬起头，"你知道我在身后？"

秀月点点头。

"我等你叫我。"

秀月却说："我却等你过来。"

两个人都无可奈何地笑了。

秀月问开明："你为何不多走一步？"

225

开明坦诚地答："我没有信心。"

秀月不语。

开明也问："你为什么不回头看我？"

秀月长长叹息，"回头看？要是我打算与两个孩子共同分摊你的时间，我会回头看，要是我有把握主持一头家，我也会回头看，要是我愿意洗心革面，我更会回头看。"

开明知道这是她真心话。

秀月笑了，"我可以奉献什么？我不学无术，身无长处，我不敢回头看你。"

子贵出来了，"在说什么？"

秀月伸一个懒腰，"在说我除了睡懒觉喝老酒什么都不会。"

子贵惊讶，"有那样的事吗，也许你会的，我们都不会，才能有如此享受。"

秀月不再言语，她听得出子贵语气中讽刺之意。

子贵拎起行李，对开明说："我与妈说好了，"她仍管许太太叫妈，"她说房间片刻即可准备好。"

秀月随即道："希望你有一个愉快的假期。"

她送他们到门口。

开明说："回去吧，外头冷。"

秀月披上一件灰蓝色丝绒大衣，"我散散步。"

"这件外套不够暖。"

话还没说完，眼前忽然飘起零星的雪花，那点点飞絮沾在秀月头发上，更衬得她皎洁的面孔如图画中人，外衣的确不够厚，她却不理那很多，对开明说："回去吧，孩子们在等。"

她却朝草地另一端走过去。

风吹过来，大衣鼓动，无限动人。

开明看着她朝亭子走过去。

子贵响号催他了。

开明上车，看到子贵正在戴绒线手套，"天转凉了，孩子们够冬衣没有？那可是要穿滑雪装的。"

虽然是一模一样的五官，却越来越不相似，根本是南辕北辙两个人，可是怎么能怪子贵呢，她是个母亲，原应琐碎唠叨，不然谁来照顾孩子生活细节。

车子驶出私家路，尚看到秀月一点点大的身形站在远处朝他们招手，这时，地上已积有薄薄一层白霜。

子贵忽然说："看，像不像林中仙子？"

开明默默点头。

"所以，这些年来，她也不老，不是不食人间烟火，而是吸尽人间精华。"

这都是事实，开明把车子驶出华厦。

回到家里，看到大儿小儿穿着厚厚冬衣在园子里奔走玩雪。

子贵笑，"妈真好，已经替他们置了冬衣。"

孩子们看见妈妈，一齐欢呼扑上来。

开明想，子贵是马大，秀月是马利亚，上帝钟爱闲逸的马利亚，而对劳碌的马大说："马大马大，马利亚已得到了上好福分。"可是，秀月是犯罪的马利亚，开明垂头。

他帮子贵拎行李入屋。

把箱子在客房里放好，子贵也跟着进来，一层层把厚衣脱下，手套搁在床上。

开明看着手套，尤动于衷，一点不觉吸引。

"我在想，"子贵站到窗口去，"倘若那一次，我听从母亲的忠告，拒绝收留秀月，不让她进门，我与你，今天是否还可以在一起呢？"

开明见是那么慎重的问题，顿时静静坐下来，思索片刻，回答道："会。"

子贵笑，"我想也是，因为你会一直误会我就是她，至多认为我越老越现实，可是，没有比较，你也不会失望。"

开明抬起头，"有时，我又认为不。"

子贵颔首，"渐渐你无法容忍我的圆滑现实，终于也是要分手。"

"子贵，对不起。"

子贵微笑，"但是你曾经深爱过我。"

开明说："啊是，子贵，不能更多。"

"你看我，"子贵笑了，"说起这种话来，我得沐浴休息了。"

开明退出房去。

有电话打进来，开明问："哪一位找邵子贵？"

"我是她丈夫。"对方十分客气。

开明不便多说，立刻把电话接进客房。

接着两个星期，子贵天天尽责接送放学，带孩子逛游乐场、科学馆，只字不提工作。

公司里有电话来，也能潇洒地在一旁说："我不在。"对方听见，说："她明明在旁边。"开明如此答："她说她不在。"佩服子贵工夫又进一层。

子贵这样说:"绝对不是没有我不行,而是反正我在,不烦白不烦。"

许太太挽留她,"子贵多住几天。"

"妈妈,复活节我再来。"

许太太真把子贵当女儿,"子贵,那人对你好吗?"

"很好,妈,他是我生活上伙伴,不相爱有不相爱的好处,实事求是,不动心,不伤心。"

许太太颔首,"那是说你爸与我。"

许老先生哗哈一声叫起来,"什么,你不爱我?"

这是子贵的看家本事,她永远能够把在场人士哄撮得高高兴兴,身份多尴尬不是问题。

离开温埠,子贵直接到旧金山去见那人。

寂寞鸽子 09

拾·

他喜欢这间房里的镜子，镜花水月，

其实是现实的写照。

自飞机场回来开明去接放学，发觉邻居冯小姐也在校门口。

冯小姐迎上来笑，"许伯母托我来接大弟小弟。"

"你时常做义工吧？"

冯喜伦笑，"许伯母付我工资。"

"什么，"开明大吃一惊，"怎么付得起？"

冯喜伦说："开始时我才念高中，替许伯母做跑腿，赚取零用，一直到现在。"

"家母真幸运。"

"你们真客气。"

冯喜伦天真热情，活脱是名土生。

"在加国 [1] 出世吗？"

_____

[1] 加国：即加拿大。

"九个多月来报到，算是土生。"

"喜欢加国吗？"

"我没有选择，我只得一个国，一个家。"

正想深入讨论，校门一打开，孩子们一拥而出。

开明一看两个儿子，"哗，怎么全身全头是泥巴？"大吃一惊。

冯喜伦见怪不怪，"一定是踢泥球来。"

把孩子们载回家，保姆忙着帮他俩洗刷，他俩光着身子满屋跑，幸亏冯小姐在一旁帮手。

许氏伉俪到朋友家打桥牌去了。

开明做了茶点出来招呼冯喜伦。

冯小姐穿着便服，十分洒脱，取起三文治[1]便吃，食量奇佳。

"今日放假？"

"是，努力争取，才有一天半假期。"

许开明好奇，"请问你家做什么事业？"

冯喜伦答："你知道海旁的环球酒店？"

---

[1] 三文治：即三明治（sandwich）。

"知道，规模不大，可是招呼周到，房间常满。"

"那是我父亲与叔伯的生意，我在柜台工作。"

啊原来如此。

正在攀谈，许太太先由朋友送回家来。

看到开明与冯小姐谈得好不高兴，又后悔早回。

果然，喜伦看看手表道别。

在门口她说："三文治十分可口，有股清香，青瓜切得够薄，是你做的？"

开明点点头，"改天来吃我做的司空饼。"

"一定，下星期今日可好？"

"不见不散。"

冯喜伦离去后，许太太说："土生子单纯热诚，十分可爱。"

"是，不知怎的，烦恼少好多。"

"你不会嫌他们粗浅吧？"

"怎么会，那种纯朴是极之难得的。"

"我看着喜伦长大，她前年才除下牙箍，小孩子大得真快。"

"是吗，"开明说，"我却希望快快看到大儿小儿结婚生子，你好做太婆。"

许太太呵呵笑起来。

许开明忽然问："妈妈，你怎么看我离婚？"

许太太答："无论怎样，我都支持你。"

一想，支持儿子离婚好似是极之荒谬的一件事，可是事实上她的确支持他。

她补了一句，"你一定有不得已之处。"

"谢谢你母亲，谢谢你。"

到了约会那天，许开明把胡髭刮干净，换上新衬衫，去敲芳邻大门。

冯喜伦出来应门，也打扮过了，粗眉大眼，别有风情，她穿一件长大衣，看不到里头的衣服。

开明笑说："你好像知道要到什么地方去。"

"是，跟我来。"

这一点活泼感染了许开明，他跟着她走，她手势敏捷地自车房开出一部吉普车，开明跳上车去听她摆布，这还是他第一次不用做勤务兵。

在这个城市做男人好像比较容易，女性尚未被宠坏，不用男人伏在地下膜拜。

车子驶出市区，在一间戏院门前停下，"到了，请下车。"

看电影？可是推门进去，却发觉别有洞天，许开明笑出来，真不相信还有这样的地方存在，原来小戏院已被改装成一家跳舞厅，乐队在台上演奏，人客三三两两起舞，灯光明亮，侍者来回穿梭招待茶点。

冯喜伦买了门券，脱下大衣交接待员，神气活现地说："请来跳舞。"

开明大乐，"我不会跳。"

"我教你。"

"太好了！"

他们挑侧边一张台子坐下，开明这才发觉人客以银白头发的老先生太太为多，他们终于赚得闲情，前来轻松一番。

这时乐队奏出《田纳西华尔兹》，许开明知道这是父母年轻时的名曲，兴趣盎然，冯喜伦暗示他邀舞。

他站起来，咳嗽一声，"小姐可否——"

话还未说完，喜伦已笑答："我至爱不过。"

她站起来转一个圈，原来穿着一条花蓬裙，旋转之下，裙裾扬起，十分夺目。

开明只跟母亲学过跳舞，早已忘记大半，可是绝不愿放弃轻松的机会，带着喜伦下场。

喜伦长得高大，几乎与他一般高矮，他们翩翩起舞，两人均满面笑容。

一曲既罢，其他茶客鼓起掌来，他们朝四方鞠躬谢礼。

回到桌子，喜伦说："茶点来了。"欢呼，"有司空饼。"那样简单廉宜的一个节目，她却尽情享受，无比快乐，许开明深深感动，做人就应该这样，不枉此生。

喜伦接着又与他跳了好几支舞，快慢兼收，可是开明已经出了一身汗，他感慨地想，又活转来了。

不由得诉苦，"老啦。"

没想到喜伦安慰他："中年人能这样已经很好。"

开明啼笑皆非，什么，三十出头已是中年？不由得不服气，"你几岁？"

"二十二岁。"

可不是，比人家大十年以上。

"喜伦，我们真得常常出来才是。"

"我赞成之极。"

灯光转暗，色士风[1]如怨如慕，如泣如诉。

开明叹口气，"我最想吹奏这支乐器。"

----

[1] 色士风：萨克斯风（Saxophone）。

"现在学也未迟呀。"

开明笑，"学会了就不再有任何遗憾，那样，余生可抱怨些什么才好？若无怨言，生活未免乏味。"

冯喜伦嗤一声笑出来。

"你不懂得？这便叫作代沟。"

喜伦却化繁为简："离婚男人通常内心不忿。"

开明一怔，一般人都爱拿失婚妇人来做题目，总是没想到离婚也是两个人的事，每一个离婚女人背后，必定有一个离婚男人，冯喜伦显然很清楚这一点。

开明低下头来。

喜伦说："我开罪了你？"

"不，你提醒了我。"

"仍然伤痛？"

"不，已经没事，你不必小心翼翼。"

喜伦笑，"我不懂收敛，母亲老嫌我钝手笨脚，粗声大气，说我活脱似加仔。"

开明不以为然，"你确是加籍人士。"

"你帮我？"喜伦大悦。

"当然。"

"谢谢你许开明。"

他们离开跳舞厅，街上下雪，开明解下围巾替喜伦系上，喜伦欣喜莫名。

许开明再麻木，也知道这个妙龄女子对他有好感。

"让我来驾驶。"

回程中他俩订好下星期的约会。

开明自后门入，刚想上楼，听见客厅有人说话。

"他们去跳舞？"

"是呀，喜伦那样告诉我。"

是两位太太的声音，一位是他母亲，另一位，可以猜想，是喜伦的妈妈。

开明坐在楼梯间，进退两难，为免尴尬，还是暂不露面的好。

外头的对白继续。

叹息："开明很寂寞，婚姻这件事……现在回家来，我比较放心，喜伦会不会喜欢他？"

"喜伦整天提起他。"

"可是，开明已经三十二岁。"

"嗳，这算什么，我有没有和你说，阿冯比我大十一年，他很照顾爱惜我，一个人总要到那个年纪才知道要的是什么。"

开明坐在梯间微笑。

冯太太又说："倒是喜伦年轻粗浅，望你们包涵。"

"哎呀。哪里哪里，如此客气，折煞我们。"

"孙儿呢?"

"你放心，冯太太，这两个孩子我会照顾，无须喜伦操心。"

"不不，喜伦非常喜欢孩子，大概是得了我的遗传。"

开明忍不住笑。

这两位太太差些没交换聘礼及嫁妆。

他轻轻站起来，故意开关后门，制造声响。

果然，许太太说："回来了。"

开明手插在裤袋里，满面笑容走进客厅。

"妈妈，冯太太。"

冯太太眉开眼笑叫一声开明。

开明有点感动，冯太太真开通，没嫌他是个离婚男人。

不消片刻，她告辞回去了。

母亲讪讪地看着他不语，开明忽然流泪，"妈妈。"他握紧她的手。

许太太轻轻说："你有什么委屈尽管说出来。"

可是孩子们醒来了，自动下床找人，午睡后小脸可爱地红通通，开明不由得笑了，他们已经长得比弟弟大，许家的遗憾也得以平反。

翌日在后园陪孩子玩雪，开明不知怎的踩了个空，跌在花槽里，扭到足踝，痛得怪叫。

脱下靴子一看，已经肿起，开明大叫要去医院，"打九一一叫救伤车。"

许太太倒镇静，拨完电话，说："救伤车马上来。"

来的却是冯喜伦。

许开明蛮不好意思，"怎么麻烦你？"

大儿拍拍喜伦肩膀，喜伦转身听他要讲什么。

大儿笑嘻嘻说："爸爸号哭，爸爸叫痛。"

开明辩曰："没有的事。"

"来，我陪你去医院。"

她不费吹灰之力扶他上车。

开明汗颜，自觉无容身之处。

检查过医生说并无大碍，嘱咐敷冰，服止痛药，多休息。

喜伦一直在身边。

开明心想，足踝那样隐私之处都叫她看过，以后再也脱不了身。

她把他送回家，热了鸡汤，端给他喝。

窗外仍然大雪纷飞，在这个时刻，许开明忽然觉悟，过去岁月一去不复回，他也只得努力将来了。

喜伦的背影非常健美，肩宽、腰细，呈一个 V 字，正是时下模特儿身段，悦目之至。

开明闭上眼睛，双目润湿。

"唏，"喜伦打趣他，"不至于痛得要哭吧。"

他睁开双目，看着年轻的她，"你知道什么？你懂得什么？"

喜伦笑，凝视他，"比你想象的要多许多。"

他忽然握住她的手，把脸埋在其中。

他未痊愈，倒是雪先停。

积雪要好几天才融化，两个孩子也知道雪人迟早会得在太阳公公的热情下消失，恋恋不舍。

挂着拐杖，开明来往家与写字楼全靠喜伦帮忙。

他对她说："少年时打球扭伤了脚，过一天便无事，照样健步如飞，如今不晓得怎么搞的。"

喜伦微笑地给他接上去："老了。"

开明有点汗颜，人家不负责任起来总是怪社会，他却心安理得赖年岁高，喜伦一句话点破了他。

那天下午，他奋发图强，扔下拐杖，慢慢一步步走下楼梯，又再走上来，如此来回十数次，已觉神清气朗，他痊愈了。

两个孩子开口，全部英语对白，许太太着急，"怎么办，怎么办，这算是哪一国的人呢？"

开明不语。

"喂，开明，你是孩子的爸，你想想办法呀，怎么光是傻笑？"

开明真心一点也不觉烦恼，搔搔头皮，"是华裔加人嘛。"

"央喜伦来教，喜伦会中文。"

"妈，这是长年累月的事，不好烦人，我替他们找个老师便是。"

"喜伦中文程度还真不赖。"

"是吗，"开明纳罕，"可是她从来只与我说英语。"

"你根本没有去发掘人家的优点。"

说得也是，对于喜伦之事，开明从来不加细究。

许太太说："中国人总要讲中文。"

244

"持加拿大护照，当然是加国人。"

"那祖宗是华人呀。"

开明想一想，"五胡乱华，满清又统治百余年，血统也许并不是那么纯真。"

许太太为之气结。

"妈，"开明握住她的手，"我们有时候快乐，有时候不，可是从来不是为着懂什么或是不懂什么，不过，如果这件事令你烦恼，我会设法帮你解决。"

"帮我？"许太太啼笑皆非，"怎么变成帮我了？"

"孩子是你的孙儿嘛。"

许太太道："我去同喜伦说。"

一日许开明下班回来，看到喜伦与他母亲站在紫藤架下聊天。

初春，尚有凉意，喜伦却已披上纱衣，裙裾上印满了淡蓝与浅紫色碎花，站在花架下，出尘脱俗，宛如安琪儿。

见开明的车子驶近，她们扬手招呼。

开明停车。

许太太讶异问："怎么这个时候忽然回来？"

开明莞尔，"我一路心惊肉跳，故回来查查有无人讲我坏话。"

谁知许太太承认:"你灵感不错,我们的确在说你。"

开明问:"说我什么?"

他顺手摘下一串紫藤,帮喜伦别在发脚。

然后他说:"我还有急事回公司去。"

随即驾车离去。

许太太奇道:"他回来干什么,为何又匆匆走开?"

喜伦微笑,"也许只是回来换件衬衫,见我们说他,不好意思起来。"

"喜伦,只有你弄得懂他。"

"刚才我们说到何处?"

"对,两个孩子学中文的事——"

这时,许开明的车子已经驶远。

他知道他必须做出抉择,他加速往海旁大道驶去,不能再逃避,今日一定要面对现实。

他的心跳加速,车子像一支箭般射出,直到其他司机杯葛响号,他才逐渐慢下来。

开了车窗喘息一下,继续行程,一海鸥乘风飞起,像是扑向他的风挡玻璃,可是刹那间随气流滑向一边,又朝海边飞去。

鸟腹洁白，翅膀硕大，十分美观，开明一直喜欢鸟类，飞得那么高那么远，看透世情。

车子驶抵豪宅，许开明怔住，女主人分明在筹备一个花园宴会，草地上搭起了淡黄与鸽灰的帐篷，鲜花处处，张灯结彩，服务员正忙碌地穿插工作。

开明的车子停在一辆食物冷藏车后，工人正把一箱箱的鲑鱼抬进厨房。

大宅前后门大开，众人随意出入，根本无人注意到他。

开明四处张望，大宅终于布置好了，是二十年代的法式装饰艺术式样，十分柔靡，有许多水晶及磨砂玻璃，丝绒与丝穗，淡灰色地毯捆着玫瑰红边，应该过分夸张，可是客厅面积实在大，竟觉得恰到好处。

开明在心中一算，奇怪，这并不是她的生日，她在庆祝一个什么日子？

他问一个穿制服的工人："贝小姐呢？"

那管家模样的人，正指挥几个工人小心搬运钢琴，挪出空位来不知放些什么，闻言道："有什么事同周太太说好了，小姐没有空。"

开明不以为忤，他当然没有去找周太太，他独自在大宅内浏览，每间房间都陈设得美轮美奂，精致无比。

世上可以买得到的华丽均应有尽有，卡地亚的无肠水晶钟，花百姿[1]的百宝复活蛋，印象派画家的名作，都随意放着，一点不介意客人顺手牵羊。

许开明是行家，一看就知道这笔装修费远远超过大宅所值，不禁讶异起来。

他坐在图画室一张灰色的丝绒沙发里发呆。

好不容易鼓起勇气，原想与秀月好好一谈，可是偏偏遇到这许多闲人。

他知道她在楼上卧室，可是又不方便找上去，许开明细细思量，不怕，反正来了，不如索性闯上去敲其寝室门。

图画室的一面墙壁上镶着镜子，可是镜上还有一幅白雪公主后母魔镜似的捆金边的镜子，镜内人影幢幢，把门外的热闹全部反映到室内。

这时，开明忽然发觉室外一静。

他抬起头来，看到镜内有一个粉红色的人影。

---

[1] 花百姿：即费伯奇（FABERGé）。

他连忙转过身去。

只见秀月自楼梯间走下来，她穿着一件层层叠叠的半胸晚服，裙裾到地，后幅拖在地上，一转身，可看到缎子衣料折成一朵玫瑰花模样，而她整个人变成花蕊部分。

开明目定口呆。

她显然在试穿这件华服，因为身后跟着设计师正在替她用针别起衣料多余部分，她脸上并无化妆，可是一脸笑靥，显得娇美万分。

开明看得呆了。

在他眼中，秀月整个人发出光芒来，四周围的人与物均变得黯淡万分，难以辨认。

而且秀月的身形逐渐高大，终于充塞了大宅客厅整个空间，一颦一笑，烙印似刻在他的脑海里。

半晌许开明才清醒过来，他握一握拳头，清一清喉咙，正想走出图画室去与她打招呼。

该刹那他看到秀月背后出现了一位男士，他双手捧着一团晶光灿烂的饰物，轻轻放在秀月的头顶。

秀月连忙转身，这时许开明看清楚她头顶上戴的是一顶钻冠，闪烁生光，把秀月一张俏脸衬得似芙蓉花一般。

那位男士说："你永远是我的皇后。"

秀月笑了，在他脸上吻一下。

有人端来一张椅子，给秀月坐下试与晚服同色同料的鞋子。

许开明仍然躲在图画室内，全身动弹不得，脚像生了根似，扎在地上，看着客厅里的景象。

那位男士年约五六十，头顶微秃，身段保养得很好，许开明知道他是谁，他的尊容时时在报章财经版上出现，是国际知名的财阀。

从他满足的笑容来看，他显然以拥有这位美女为荣。

秀月站起来，挽起那位先生的手，散步进花园去了。

许开明要过一会儿，手脚方能动弹。

他仍然没有离开图画室，他喜欢这间房里的镜子，镜花水月，其实是现实的写照。

忽然有人进来，啪一声开亮了水晶灯，诧异地说："你怎么在这里？外头等人用哪，晚会七时正开始。"

是一位总管模样的太太在责问他。

许开明听见自己问："今天是什么日子？"

那位太太笑，"是李先生同贝小姐结婚的好日子呀，你不是偷酒喝了吧，快，快，客人陆续就来。"

外头有人唤她，她忙不迭奔出去。

许开明缓缓站起来，慢慢走出屋子。

完全没有人追究他这个生面人是谁，由此可知他平凡到什么地步。

他穿过花环、帐篷、人群，回到自己的车子旁边，轻轻开了车门，上车，发动引擎，把车驶走。

半晌，才回头，可是大宅隐蔽在树丛中，只看到檐角，那是一个香格里拉，出来之后，就找不到回头路。

许开明一直把车驶回家中。

孩子们奔出来欢迎他。

许太太诧异问："你到什么地方去了？"

开明不语，做杯热可可，坐下来。

"喜伦应允教孩子们普通话。"

"那多好。"

"开明，打铁趁热，莫失良机，你需要一个家。"

开明低下头，"我知道。"

许太太大喜，"你真的明白？几时有行动？"

开明笑了，"今晚我就过去向喜伦求婚，不过，人家要是嫌我是个离过婚拖着两个孩子的中年人，我就没法子了。"

"不会的，我看着喜伦长大，不会的。"

不知怎的，开明觉得非常疲倦，揉揉眼睛，躺在沙发上。

"你置了指环没有？"

开明已无力气回答。

"我拿我那只给你，铁芬尼镶工永不过时。"

开明半明半灭地听见母亲不住喜悦唠叨，孩子们小脚咚咚咚奔跑，可是他的精魂渐渐离开他的肉体，飞向别处。

身边的声音渐渐远去，已与他不相干。

他回到老屋，那熟悉的间隔，六十年代的家具，都给他一种奇异的温暖感觉。

他看到自己的手脚，非常小，啊，他又恢复儿身，回到老家来了。

"弟弟，弟弟？"他逐间房间找。

忽然，走廊滚出一只七彩皮球。

开明俯身拾起那只球。

一道房门打开，幽暗中走出一个小小人儿，啊，是弟弟，他脸带微笑，一只手指含在嘴内，正看着哥哥。

开明终于找到了他，开明冲向前，把他抱怀中，"弟弟，"他落下泪来，"我永远不会让你走。"

图书在版编目（CIP）数据

寂寞鸽子 / 亦舒著 . —长沙：湖南文艺出版社，2017.9
ISBN 978-7-5404-8208-4

Ⅰ . ①寂… Ⅱ . ①亦… Ⅲ . ①言情小说 - 中国 - 当代 Ⅳ . ① I247.5

中国版本图书馆 CIP 数据核字（2017）第 160398 号

上架建议：畅销·小说

JIMO GEZI
寂寞鸽子

作　　者：亦　舒
出 版 人：曾赛丰
责任编辑：薛　健　刘诗哲
监　　制：毛闽峰　赵　萌　李　娜
特约监制：刘　霁　郑中莉
策划编辑：李　颖　沈可成　谢晓梅
文案编辑：孙　鹤
营销编辑：贾竹婷　雷清清
封面设计：张丽娜
版式设计：李　洁
出版发行：湖南文艺出版社
　　　　　（长沙市雨花区东二环一段 508 号　邮编：410014）
网　　址：www.hnwy.net
印　　刷：北京天宇万达印刷有限公司
经　　销：新华书店
开　　本：775mm × 1120mm　1/32
字　　数：152 千字
印　　张：8
版　　次：2017 年 9 月第 1 版
印　　次：2017 年 9 月第 1 次印刷
书　　号：ISBN 978-7-5404-8208-4
定　　价：38.00 元

质量监督电话：010-59096394
团购电话：010-59320018